时光·旷野丛书

– 朱靖江 主编 –

A WAYFARER IN CHINA

中国漫行记

从山野密林到戈壁荒漠

[美] 伊丽莎白·肯德尔 著

高丹 陈如 译

九州出版社
JIUZHOUPRESS　全国百佳图书出版单位

图书在版编目（CIP）数据

中国漫行记：从山野密林到戈壁荒漠 / （美）伊丽莎白·肯德尔著；高丹，陈如译. -- 北京：九州出版社，2025. 3. -- （时光·旷野丛书 / 朱靖江主编）.
ISBN 978-7-5225-3755-9

Ⅰ. I712.65

中国国家版本馆CIP数据核字第2025VL4038号

中国漫行记：从山野密林到戈壁荒漠

作　　者	［美］伊丽莎白·肯德尔　著　高丹　陈如　译
责任编辑	叶淑君
出版发行	九州出版社
地　　址	北京市西城区阜外大街甲 35 号（100037）
发行电话	(010)68992190/3/5/6
网　　址	www.jiuzhoupress.com
印　　刷	北京捷迅佳彩印刷有限公司
开　　本	710 毫米 ×1000 毫米　16 开
印　　张	17.5
字　　数	190 千字
版　　次	2025 年 8 月第 1 版
印　　次	2025 年 8 月第 1 次印刷
书　　号	ISBN 978-7-5225-3755-9
定　　价	58.00 元

时光的旅人

——《时光·旷野丛书》总序

朱靖江

2024 年春天，我做了一次短期旅行：从北京飞往云南丽江之后，我驱车前往玉龙雪山脚下的玉湖村、宁蒗县泸沽湖和扎美寺，经行四川木里县的利家咀村和木里大寺，抵达稻城县香格里拉镇的亚丁自然风景区，又在木里县的俄亚大村居停，折返丽江之后，甚至还有时间去大研古镇喝了杯咖啡，再乘机回到北京。如此行程，在现代化交通工具与四通八达公路的加持之下，只用了六天时间，若是在一百年前，在同一区域——姑且将北京与丽江的飞行距离排除在外——做类似路线的旅行，则至少需要六个月，一路上风餐露宿、骑马徒步，还得豁出命溜索过江，提防着土匪拦路……

中国近二十年基建爆发，将原本的偏乡山寨以无远弗至的道路网络勾连起来，天堑变通途，旅行成为飞行与驱车衔接不断的流程，除非刻意选择户外穿越，否则大可行村过镇，纤尘不染。然而，当探索未知变成网红打卡，当大自然被圈禁为奇货可居的收费风景，当深藏秘境的村庄成为奢华酒店的选址地，曾经最触动人心的那些跋涉、邂逅、震撼与跨文化交流却可能消逝无踪。这的确是一个悖论，交通便利赋予了更多人获得美好生活的可能——十多年前我曾徒步进入的利家咀，如今也营建了舒适的民宿，迎候那些乘兴而来的游客——但自然的自在性与文化的多样性却逐渐淡化趋同，甚至被观光业重塑为一套标准化、景观化和商业化的游览标签。人们在越来越轻易地抵达的同时，也越来越找不到抵达的意义。

作为一名人类学者，我在早年的学习生涯中受惠于旅行的丰饶馈赠。20世纪最后的十年，远方仍旧遥远，我曾搭运送木材的货车从昌都去拉萨，乘坐塞满7个人的破吉普去往四川盐源的泸沽湖畔，又或者坐在滇藏线小卡车的后斗里，看着驾驶室中的老司机挥动着酒瓶，再就是与几位藏族僧人为伍，在松潘到甘南的路上游历。那个年代，穿越天山的客车里始终歌声不断，维吾尔族老爷子拨拉着我们的吉他，就能唱出沧桑的《吉尔拉》；青藏线上的牧羊少年一嗓子《妈妈的羊皮袄》，就能让我泪流满面。我们曾经在交河故城为历史的废墟鼓琴而歌，也在可可西里与野牦牛队的汉子们痛饮酩酊。青年远行的经历为此后的人生染上自由的底色，最终凝聚成对多元文化的热爱，以及通往人类学的田野研习之道。

当然，读书仍旧是旅行的最佳伴侣。在这个信息获取比道路通行更便捷的时代，拥有并阅读一本书，似乎变成了非必要的生活点缀，我们从互联网的浪花中仿佛知晓了一切，却又无从深究这一切讯息的来源或真正意涵。譬如，我在开篇提到的那次旅行通常被称作"洛克线"，是一个世纪之前美国植物学家、纳西学开拓者约瑟夫·洛克（Joseph Rock）在中国西部地区考察的部分线路，近几年也成为一条网红的户外线路，吸引了不少游历者。然而，如果不阅读洛克的著作，无论是他为美国《国家地理》杂志撰写的考察报告（中文书名为《发现梦中的香格里拉》），还是他的皇皇巨著《中国西南古纳西王国》，便无法领略"洛克线"的真正魅力。例如洛克曾在他的书中写道："这里（永宁皮匠村）是丽江纳西皮匠勤苦工作的地方，他们用牛皮和山驴皮做十足的纳西鞋子，他们也制造西藏式的高靴子，除了用马队运到丽江市场外，还供应整个永宁人脚上的穿着。"今天的永宁镇上，依然有皮匠铺子，制作销售皮鞋与皮包，可以与洛克百年前的见闻一一印证。他还描述了利家咀村的自然环境："我们进入木里领土的第一个村子为利家咀，路从边界起穿过美丽的橡树、松树、杜鹃花等的处女森林，围绕着东面有一个山谷的山。"也与我如今之所见遥遥呼应：幽深的山谷，苍翠的树林，溪流之上的水磨坊，只是原本阖村皆是的木楞房大多被砖瓦小楼替代了。即便如此，以洛克的文字和影像为历史脉络，才能够在川滇交界的高山深谷之中，找到一条留有生命印迹的"洛克线"。

在晚清与民国时期，如约瑟夫·洛克一样长期驻留中国，或短期旅行的海外人士，留下了一系列探险考察或游历式书籍。它们当中的一部分，因作者知名或事迹卓著，而在近二十年间陆续被翻译介绍至中国。这其中，如瑞典探险家斯文·赫定（Sven Hedin）、英国考古学家斯坦因（Marc Aurel Stein）等人的著作颇受瞩目，国内的中文译本都在二十种以上。即便如此，在海内外文化交流的一波波浪潮中，不时仍有此类遗珠被冲上海岸，虽然有些古旧沧桑，却也闪烁着时代洗礼之后的隔岸之美，它们令我们从多个视角回望中国百年之间的自然风貌与社会文化变迁——无论是植物学、动物学、地理学，还是人类学、社会学、考古学，曾经模糊不清的东方面纱在西方学术方法的实地考察与分析检视之下层层剥落，逐渐形成全球知识体系当中的地方知识，也成为我们反观本土变迁与文化演进的一面镜子。而这些书籍的写作者——有些是为博物馆搜集标本的博物学家，有些是探险猎奇的冒险家，有些是长居中国某地的学者，有些是捕捉新闻的媒体记者，有些人带着传教的使命扎根乡村，也有些人带着摄影机游走四方——都曾在某一时代经行在中国的大地上，与某些人萍水相逢，与某些事不期而遇，见证了某些非凡时刻，体验了某些文化震撼，最终完成了一段人生经历的书写。

正因如此，我们将这些从文字地层的沉积岩中打捞回来的书稿，编纂为一套书目，定名为"时光·旷野丛书"，意在重新召唤那些行走在时光路上的旅人，苏醒他们尘封的记忆，回归他们曾经漫游徜徉的旷野江湖——青藏高原的雪峰巨泊、西南山地的幽林深谷、万里长城的残垣断壁、长江沿岸的高峡急流、蒙古草原的连天青碧、戈壁荒漠的黄沙万里……"人生天地间，忽如远行客"，这些来自异乡的远行客留下了尚在传统社会格局之中却已挣扎变革求新的中国纪事，其中难免带有欧洲中心主义、殖民主义、东方主义等各种负面"主义"的元素，但显然更为重要的，是他们作为普通人在一个古老国度旅行当中的文化体验。从人类学的视角而言，"时光·旷野丛书"的代表性著作都接近于民族志的文本形态，铺陈一些带有体温与情感的人生故事。就仿佛小酒馆里的昏灯之下，年迈的旅人握紧酒杯，围着炉火，悠然讲起那些往昔的记忆。或许有人愿意举杯共饮，回到一个行脚与马帮的时代。

是为序。

译　序

　　旅行是一项颇为个性化的活动。且不论囿于时间、体力、预算等诸多客观条件的限制，每个人会做出不同的旅行安排，单从主观来讲，旅行者的目的也是千差万别，或为寄情遣怀，或为探寻考察，或为追求信仰，不一而足。

　　伊丽莎白·肯德尔女士踏上中国西部旅程的缘由，从根本而言在于她对新奇特异、与自身背景截然不同的风土人情的兴趣。"凡曾前往世外之地，感受捕捉异域异族印象之愉悦的旅者，从此便不再自由，他必然日夜受到感召，希冀再度上路求索。"她也老实承认，自己"并非刻意追寻任何知识，而仅仅想收获对中国及其人民的印象"。旅途之中，她得以跋涉逶迤蜿蜒的山川溪谷、穿越宽广美丽的平原沃野、置身繁华喧闹的城镇市井、露宿广袤无垠的蒙古大漠。因此，书中既有对风景和民俗的描绘，也有对时局的评论，还有对人性和信仰的比对。至于刚好在辛亥革命爆发数月前成行，沿途目睹新旧时代间之冲击、转换、并存、融合等种种景象，既是作者心之所愿，也属偶然所得，为其回忆再添一笔。

　　通读之下，书中许多令人心生温暖的片段，正在于她与旅队苦力、客栈居民、运货脚夫、各族人民之间的互动交流。"我对中国人最起初也是最持久的印象就是他们跟我们有多么相像。""我感觉自己简直是回到了家乡。"很难想象发表这番感想的旅行者来自一个文化背景与社会制度与彼时之中国迥异的国度。而阅读之后，读者或许也会承认，正如作者所言，"尽管'东西有不同'，最为重要的乃是人之本性，而无论世界何地，人类本质均大同小异"。诚然，我们是为了体验异域他乡的新奇与差异才去旅行，但在陌生环境里不期而遇、似曾相识的感触以及由此而生的共鸣，则可算得上是我们获得的额外奖赏。

作者以一种深深浸入异域异族生活场景的方式进行旅行，捕捉当下、瞬间之感触领悟，将所有零散琐细的描绘与记述汇集成一条文字的河流，映衬着路途所见的地貌、气候、人文、风土，绘就一幅 20 世纪初跌宕起伏又平缓宁静的独特画卷，客观反映了中国在近代历史大转折节点上的社会风貌，具有一定的历史参考价值。

阿兰·德波顿在《旅行的艺术》中曾说："宏阔的思考常常需要有壮阔的景观。"伊丽莎白·肯德尔的这本旅行记录则告诉我们，细致的把握需要有细微的体察——而这，或许就是"脚踏实地"的旅行能带给我们的吧。

高丹　陈如

自　序

　　我写下寥寥数语，以帮助读者理解本书记录的中国旅程。旅程始于 1911 年，中国革命前风平浪静的最后数月。

　　凡曾前往世外之地，感受捕捉异域异族印象之愉悦的旅者，从此便不再自由，他必然日夜受到感召，希冀再度上路求索。数年前我初踏征程，曾前往远西疆域——彼时尚有未开拓之境——寻觅印象体验。自此之后，每逢机缘巧合，闲暇之时俱在肯塔基山脉、托鲁斯山脉❶、黑山、印度等地度过。世上各地皆有趣味，因各处自有其人文特色，然而，凡因东方心醉神迷者，往后均不能自拔；一迈步，总不禁往东行。

　　要见识东方，就必须避开已半欧化的城镇与通商口岸，远离旅馆铁路的舒适，准备接受鲜有人至之径的各种苦乐。可是，所得补偿也极多。旅者得以目睹变幻的景观，终日漫步于户外，远离乏味生活的藩篱。而最重要的是，能生活于原始简单却又历史悠

---

❶ 托鲁斯山脉乃土耳其南部山脉，由东南、中、西三段组成，呈雁行式排列，全长约 1200 千米。——译者注

久的民族当中，相形之下，即便是最古老的西方文明，也显得简陋粗糙，尚未开化。因此，当两年前再次上路，我自然而然便走向东方，而此次，我感受到中国的召唤。我并非刻意追寻任何知识，而仅仅想收获对中国及其人民的印象。与大多数美国人一样，我对中国人的认识源自书本所言，以及偶然之间观察身边为我们洗刷衣物的广东人所得。他们沉默不语、难以捉摸，在美国随处可见，又不为人所知。他们漠然的脸庞藏着怎样的谜团？也许中国之行能为我解答疑难。况且，即便是最无知冥顽的头脑，也清楚东方将要发生剧变，尽管只有少数人意识到其变化之迅猛。在迎来中国的新面貌之前，我期盼先看看其旧风貌。可沿岸城市已留下西方印记，故非我心之所属。于是我转向内陆，前往西南地区的云南省与四川省。那里风光旖旎，皆为政治商贸重省，但同时民风尚存，正合我心意。

自然而然，我被劝诫前路险阻，不要前往，不过这都是些老生常谈。数年前一个夏天，我曾孤身漫步于西藏西部的喜马拉雅山脉，游历拉达克与巴尔蒂斯坦。有此体验，我自能从容面对劝阻。正如以前一样，我发现越是了解中国者，便越热切敦促我前行。如同书中内容所示，旅程当中无惊无险。我并未遇上任何困难危险，几无能令故事生色之处。

的确，我身为一名中老年美国女性，自身具有一定优势。中国人特别敬老；女性又不似男性让人恐惧，不致引发敌意；在四川边远荒僻之地，我还遇上得知美国政府已退回部分庚子赔款❶的当地人，他们待我尤其友善。倘若某些西方人所言非虚，其时我乃因不识中文而得益，人们亦不欺我孤立无助。此番观点似乎令人难以置信，如情况属实，西方世界应当从中国学习一二。

可是，若非沿途遇上的各种好心人慷慨支援——他们当中有欧洲人、中国人、军官、商人、传教士，都是散布各地的先行者——我断不可能完成此举，我向他们表示衷心的感谢。路上各地的香港上海汇丰银行代表以及俄亚银行代表多番相助，我亦不胜感激。

回望过去，我深知一切皆有价值。短短半年远不足以了解一个陌生的文明，但得见一个伟大的民族生活于其家乡，安居乐业、其乐融融，实属庆幸。而且，我还得以通过所见所闻深刻感受尽管"东西有不同"，最为重要的乃是人之本性，而无论世界何地，人类本质均大同小异。

1912 年 11 月写于马萨诸塞州韦尔斯利果园

---

❶ 1900 年（庚子年），义和团运动在中国北方部分地区达到高潮，大清帝国和国际列强开战，八国联军占领了北京紫禁城。1901 年（辛丑年）9 月，中国和 11 个国家达成了屈辱的《辛丑条约》，规定中国从海关银等关税中拿出四亿五千万两白银赔偿各国，并以各国货币汇率结算，按 4% 的年息，分 39 年还清，史称"庚子赔款"。1900 年起，美国将所摊浮溢部分本利退回，充作留美学习基金。——译者注

谨以此书
纪念我善解人意的
母亲

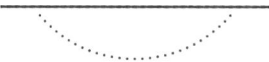

致　谢

　　我诚挚感谢四川成都的陶维新先生 ❶，允许我使用长江三峡的照片。我亦衷心感激位于纽约的安德伍德＆安德伍德出版社 ❷，允许我使用北京内城城墙的照片。除以上提到的照片外，本书所有插图皆由本人于旅途中所拍。拍摄情况通常极其恶劣，在此，我谨向西区摄政街柯达公司全体员工致谢，感激他们在处理胶片时所展现的细致技巧。

伊丽莎白·肯德尔

❶ 陶维新（Robert J. Davidson，1864—1942），英国基督教公谊会传教士，先在重庆创办了男女日校及诊所、教会书局，担任重庆广益中学校长，后在成都参与筹建了华西协和大学。——译者注

❷ 安德伍德＆安德伍德出版社（Underwood & Underwood），美国出版公司，成立于1882年，属于较早成立的立体影像与摄影影像生产及经销商，也是新闻摄影的先驱。——译者注

中国漫行记

人在路上，我心焦灼；

魂系中华，至今未忘。

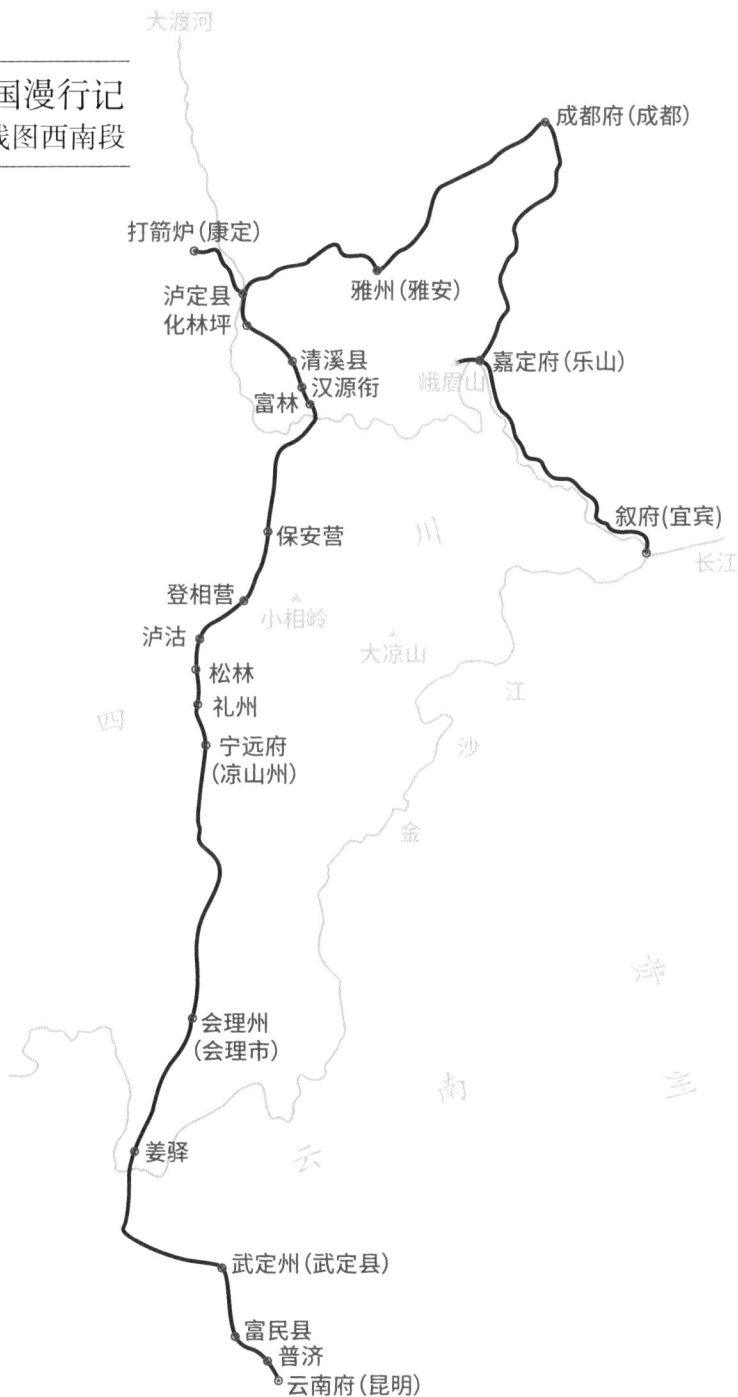

中国漫行记
路线图西南段

大渡河

成都府(成都)

打箭炉(康定)

雅州(雅安)

泸定县
化林坪

清溪县
汉源街

富林

嘉定府(乐山)

峨眉山

叙府(宜宾)

长江

保安营

川

登相营

泸沽

小相岭

大凉山

松林

礼州

宁远府
(凉山州)

四

江

沙

金

会理州
(会理市)

南

姜驿

云

武定州(武定县)

富民县
普济
云南府(昆明)

中国漫行记
路线图全线

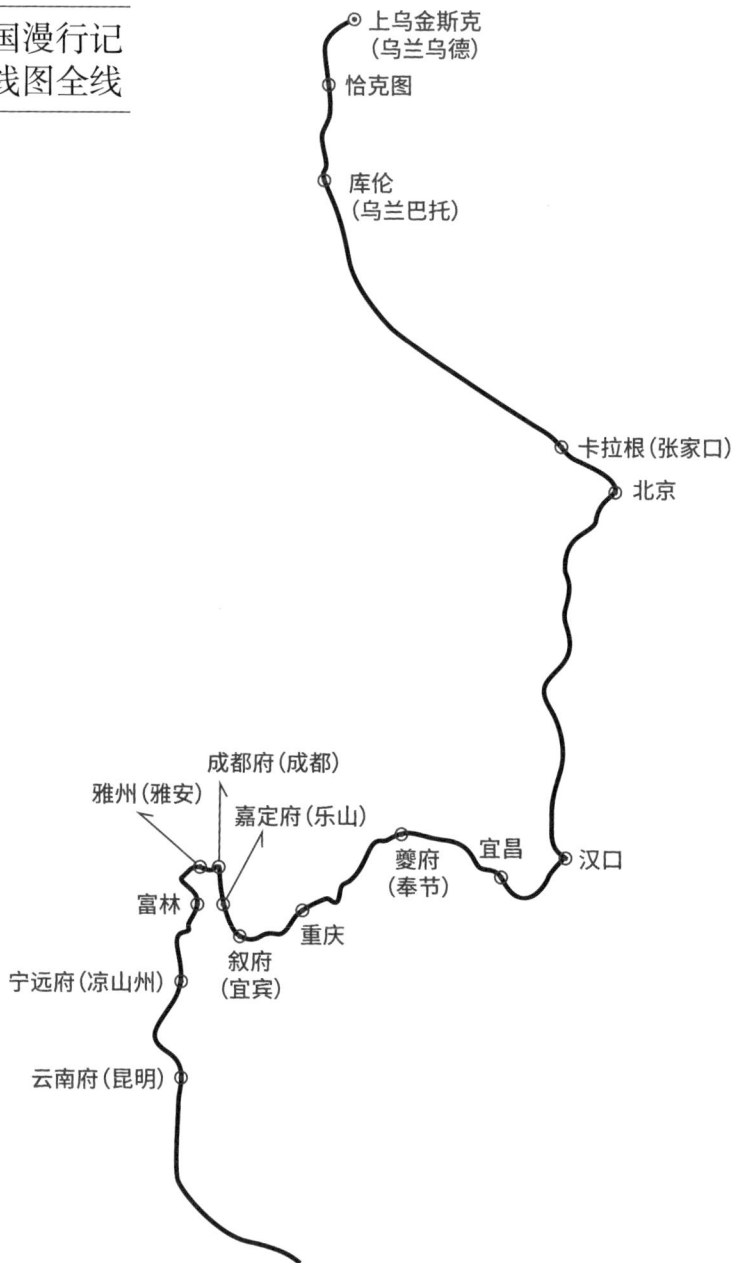

上乌金斯克
（乌兰乌德）

恰克图

库伦
（乌兰巴托）

卡拉根（张家口）

北京

成都府（成都）

雅州（雅安）

嘉定府（乐山）

夔府
（奉节）

宜昌

汉口

富林

重庆

宁远府（凉山州）

叙府
（宜宾）

云南府（昆明）

目录

"小夫头" 杰克

第一章

穿过东京

三年前，中国西部似是遥不可及的存在。想要到达那儿，要么得穿越缅甸北部，然后越过云南西部宽阔的河流与山脉，得整整一个月舟车劳顿；又或者花上几周，沿着长江缓缓而上，路程平淡沉闷，还伴有发生船难的可能。如今，得益于法国开拓进取，你从东京❶海防港出发，只需要三天半的火车路程，蜿蜒于大山河流之间，便能到达云南省省会云南府。

我最初计划游历中国西部，便决心从西而进，因我早就意欲一探横亘在缅甸边境与长江之间那狂放自由、风光如画的地带。数年前，我曾眺望边界，默默决心终有一天要窥探另一边的秘密。但当时机来临时，我却难以在缅甸觅得中国翻译，于是不得不飞往香港。到达香港后，我又发现时间紧迫，必须取近道前往中国西南部，亦即从海防出发，搭乘红河铁路❷。无论如何，此行仍有补

---

❶ 东京（Tonkin）指越南北部大部分地区。越南人称之为北圻，意为"北部地区"。——译者注

❷ 红河铁路即滇越铁路，是连接越南海防市与中国河口—昆明的铁路，中国西南地区的第一条铁路，被称为可与苏伊士运河、巴拿马运河相媲美的世界第三大工程，也是中国为数不多的"米轨"铁路（窄轨铁路）之一。——译者注

偿。从车厢窗户往外匆匆一瞥，仍能就法国于其广袤的东方殖民地之所为摄取些许印象。

况且，我找不到比自由港香港更合适的出发地点，此处东西方文化交融，又无须受海关控制，在此配备旅途的全套装备，实在再好不过。一般而言，从故乡带上一套精美的用品工具，实属不智之举。概而论之，每一地方都有最适合其特殊需要的工具，而西方大多数旅游设备并不适用于东方旅途的条件与环境。西方游客大可带上凉鞋鞋履，科学仪器也当属欧洲最佳。可总体来说，我所需之物，无论东西方生产，都能在香港以极低价钱购得。翻译与厨师从上海聘请，前者乃江西人，曾在教会学校上学，又在美国西部一所大学负笈一载。他英语相当不错，还通晓好几种中国方言，到云南、四川绰绰有余。而厨师原本跟随一家返乡的英国人沿着长江从重庆而下，现可借工作机会返回，尽管略显周折，仍非常高兴。他不说英文，但知晓欧洲方式，也能领悟我的意愿。事实证明他忠诚又勤奋，厨艺也相当不错。

三月底，我准备就绪。驶往海防的船于29日早上9点出发，之前一晚两条舢板载着我、旅程行装、翻译与厨师到达轮船停泊之处。行李躺在泛亚—法国线西江号船板上，貌似相当可观，但到底只是中等分量的储备。茶、果酱、饼干、白糖、麦片、罐装肉以及罐装奶，还有少量几只搪瓷铁盘与厨师的炖锅，悉数装进木箱。铺盖卷和衣物放在防水帆布制的露营袋里，而路途所必需的地图、摄像头和胶卷则放入手提箱妥善保管。

从上海带来的英国十字鞍座，比起我原本四处找寻却徒劳无获的墨西哥鞍座，更适合体型小巧的云南矮马。停留香港时，我听从劝告，及时买了一顶最为舒适的轿子，轿子以竹子制造，有顶棚及可调节的帐子与窗帘，以抵挡风雨日光。我被告知无须购买帐篷，不过必须要有行军床，事实证明的确如此。我带了一张美国制造、附有蚊帐的轻便小床，它陪伴我走完全程，最终留在北蒙古库伦，说不定还可以为其他旅行者服务好一段时间。其中一样重要装备是一条小爱尔兰猎犬，我原已打算放弃，不等它了，好在它在我们到达后第二天早晨从日本送到。当它乘坐的从神户驶回加尔各答的轮船靠岸停泊时，它被扔上我的舢板，于是我们在西江号还差 15 分钟起航时爬上船。我们顺利上船，身边有一只伴我度过孤寂旅程的活泼小伙伴——杰克将要欢快跑过两千多英里❶的路呢，一切暂时算是皆大欢喜。

这艘邮船预计在 53 个小时内到达海防，它曾是一艘葡萄牙皇家游艇，然而，往昔繁华的唯一印记只剩下相当显眼、以玻璃和木头制造的皇家首字母缩写"M.R.P."。邮船线条颀长优雅，赏心悦目，却不适合抗衡中国海的逆流。作为船上唯一一名女乘客，我的住房非常舒适，船上的法国军官与安南❷管家对我关怀备至。第二天下午，出现了令人耳目一新的消遣，轮船停靠在香港西南约两百英里处的广州湾，游访新的自由贸易港白雅特城❸，此乃法国在 1898 年与清政府谈判时强租的商贸与军事港，倘若发展顺利，假以时日或可与香港竞争。广州湾相当舒适，为其时停泊的两三艘

---

❶ 一英里约为 1609 米。——译者注
❷ 安南，越南古名。——译者注
❸ 白雅特城指湛江，旧称广州湾，别称港城，法国租借时期称白雅特城，辖属广东省。——译者注

一座云南峡谷

云南府城墙外

轮船提供了安全的港湾，必要时也可以容纳两三艘战舰，但白雅特城暂未显现预计中的繁华。我在等待期间下船闲逛，这片租界面积较小，路面空旷，杂草丛生。从海滩往上走，右边有一长排外形可观的营房，许多都有着欧式外观，配以宽敞的花园，相当漂亮。营地上方耸立着颇为矫饰浮华的双尖塔教堂。当地唯一一条商业街与海滩平行，街上店铺门可罗雀，了无生机；即使是每半月从香港寄来一次的邮件也无法令当地居民精神起来，而当地人口看上去刚刚够满足外国殖民者的需要。

到了这儿，两三名法国军官以及陪同的安南警察加入我们的队伍。安南警察看着相当女性化，头发梳理整齐，低低挽作一个结扎在颈后，以黑色手帕整齐包裹。他们身穿深蓝色羊毛制服，间杂稍浅的油灰色，外表飒爽整洁。我与其中一名从白雅特城公干回来的法国人闲聊，他对于新租界似乎信心不大，称法国政府投入了大量资金，回报却寥寥。

早在一百多年前，法国便对东方世界兴趣满满，梦想着建立一个东方帝国，以弥补在美洲的损失。法国大革命随后到来，这梦想便让步于更为实际的事务，直至法兰西第二帝国时期❶，拿破仑三世❷翘首东西，方重拾此目标。法国逐渐加强对中南半岛的控制，彼时全球殖民大国对亚非虎视眈眈，最终竞赛在 19 世纪 80 年

---

❶ 法兰西第二帝国于 1852 年 12 月 2 日建立，1870 年 9 月 4 日被法兰西第三共和国取代。是波拿巴家族的路易 - 拿破仑·波拿巴在法国建立的君主制政权，先于法兰西第三共和国（1870—1940），而后于法兰西第二共和国（1848—1852）。——译者注

❷ 拿破仑三世，全名夏尔 - 路易 - 拿破仑·波拿巴（Charles-Louis-Napoléon Bonaparte，1808—1873），法兰西第二共和国总统及法兰西第二帝国皇帝。拿破仑三世是路易·波拿巴之子、拿破仑一世之侄。——译者注

代来临。尽管中国早在约 25 年前就已经放弃了在这片土地的权利，可法国仍花了许多年才平息战争，时至今日也未能达成理想效果。法方人力财力花费巨大，而殖民扩张政策曾经极其不受欢迎，其坚实支持者，被称为"东京人"的茹费理❶，其政治生涯也因此覆灭。

东京的真正历史始于印度支那总督 M. 杜梅❷的任期（1897—1902）。五年间，他从一名巴黎印刷商变为激进政治家及行政官，展现出卓越能力与坚定决心，最终成就斐然。他到达东方时，海盗与抢劫成风，殖民地每年亏损 300 万法郎，软弱的执政对于印度支那的发展毫无帮助。当他任期届满离开时，殖民地根基已稳，不法行为已被压制，执政已然改革，且扭亏为盈。他建起城镇与电报系统，鼓励当地水稻种植及丝绸文化，通过向法国企业提供特殊优惠，将茶叶、咖啡及橡胶种植业发展起来。

精力旺盛的杜梅仍不满足，他相信"欲成大国，必抱大志，孜孜不倦，方得大业"，便开始推行"前进政策"，目标在于控制云南及中国东南部。他声称殖民扩张对于法国存活至关重要，在其最后一份报告中，他回顾过去一代人的成就，总结道："我们本质未变，只是不再自信，表现得像是战败颓丧的民族，在世人眼前亦是如此。这便是采取平息政策的后果，因此应不惜一切代价以行动代替平息，令法国保持强势。"

---

❶ 茹费理，全名朱尔·弗朗索瓦 - 卡米尔·费里（Jules François Camille Ferry，1832—1893），法国共和派政治家，先后担任过教育部长和外交部长，后来两任总理，任内主要政策包括政教分离、殖民扩张、免费世俗义务教育等。——译者注

❷ M. 杜梅曾任法属印度支那总督，在任期间大力发展殖民地经济。此外，从 1897 年起，杜梅以考察云南地形为名，多次派人偷测从红河到蒙自的路线。——译者注

的确，"前进政策"并非起源于杜梅，早在他到达殖民地之前，法国政治家就已经意识到东京之于中国的价值，而杜梅的任务在于使这项政策从愿望成为现实。他不仅供给法国殖民地实现该目标所需要的商业与工业基地，还着手计划下一步，即发展铁路系统以引进法国商人，必要时，还可以引入法国士兵到这片人人觊觎的领土的心脏地带。他计划周详，敦促政府执行，并比任何人都努力保障法国金融业的支持；现今连接河内与海防的铁路穿越中越边陲的两点——同登❶与河口❷。

广州港在杜梅的计划里占据重要地位，他预计其"作为贸易港前途光明"。跟政党内其他成员一样，他后悔政府太过节制，没有同时获得海南岛的租借权。法国正通过发展加强在海南岛的控制以弥补这不幸的错误，而其设置在海南主要港口——海口的大领事馆、法国邮局和医院对未来计划非常紧要，即便以目前条件而言并不十分适合。

第二天中午离开广州港后，我们沿着低洼草地间河水浑浊的红土隧道向海防港进发。草地与措堪❸毗邻，河右岸坐落着东京这个主要商贸中心，但据说因难以抵达，其作为船舶口岸已日渐衰落。尽管在改善航道方面投入了大量资金，可惜效果并不尽如人意，现已准备在东部稍远处美丽的下龙湾创建一个新港口。我对于将受到何等接待感到担忧。据说海关检查苛刻，而我们的行李量多沉

---

❶ 同登，越南东北部边境城镇，属谅山省东部高禄县下辖市镇。该镇现有人口约两万人，面积约 5 平方千米。——译者注

❷ 河口，即现今河口瑶族自治县，位于红河哈尼族彝族自治州东南部，隔红河与越南老街市、谷柳市相望，是云南省唯一一个以瑶族为主体的自治县。——译者注

❸ 措堪（Cua-Cam），音译，越南港口。——译者注

重；此外，中国人必须携带护照方可进入，我却没有给手下办理；再者，海防港严格规定犬只必须戴上口套，可杰克连个项圈都没有。幸好法国官员优雅礼貌，为我们解决了一切困难。我们被以礼相待，行李未被开封就离开了海关办公室。在警察局，我立即上报自身及随行中国仆从情况，从广州港一同到达的一名乘客快步上前帮忙解释，多亏了他的帮助，中国仆从缺少护照的情况也不成问题。至于杰克，我们很快便为它在一家大宠物店添置了一只文明小狗需要的一切装备——口套、项圈、狗链，应付当地要求已绰绰有余。

海防港秀丽宜人，人口约两万，其中约有1000名欧洲人。跟所有其他法国殖民中心一样，这里城市设计颇具前瞻，街道宽敞开阔，公共建筑宏伟大气。但一切静寂若水，大街毫无熙攘，商店门可罗雀，店主似是无心吸引顾客。在其中一家最大的商店，我以50美分付钱购买几张明信片，可他们无法找零，也无意尝试，我便只好作罢离去。海防港人口以安南人为主，他们外表很有吸引力，五官比中国人更为精致，举止亦更温和。除却严肃的面部表情外，长相很像缅甸人。他们的衣服比起其缅甸表亲或中国邻居的更为低调淡雅，在剪裁方面非常实用，男女款式差别不大。这里的工作服是一条剪裁工整的长裤，上面是一件开衩到腰部的加长衬衫。开工时，上衣束好免得碍事，所有人都戴上巨大的草帽，在下巴处绑绳打结。

可是，我当晚就离开海防，对它所见甚少，而对越南首都河内，则了解更少，因我们晚上10点半才到达，次日早上8点前便离开，实无时间深探。没能多逛逛河内，我深感遗憾，那可是远

中国漫行记：从山野密林到戈壁荒漠

东最奇丽的城市之一。不过，我带着对一所漂亮旅馆、一座宏伟壮观的国会大厦，以及一座华美的车站的回忆离去，这些建筑都坐落在宽阔的街道上，大街两旁是有真正绿草坪围绕的欧式房子。黎明时分我们坐上黄包车，行驶 20 分钟后便来到整齐敞亮、通往乡村的车道，尽管时间尚早，路上已挤满带着农产品赶集的村民。我相信，在首都及其郊区铺道共计 100 多英里，全得益于不知疲倦的杜梅先生。可他在河内最为持久的印记当数精美的博览会建筑。当其回国筹措高达两亿法郎的第二批贷款以发展殖民地时，自然被问起越南有何资源，杜梅的回答令人心悦诚服——那自然是世界闻名的 1902 年世博会。

每天有一列直达快车在海防港、云南府两地穿梭，两地距离约600 英里，需历经三日三夜方可到达。晚上火车停发，对于行程惊险的铁路而言似乎已是规矩，我在安纳托利亚至巴格达线路❶ 的君士坦丁堡与埃雷利❷ 之间也曾遇上同样情况。通廊列车分座席四等。头等座不及欧洲大陆线路的头等座，但这问题不大，因通常无人乘坐。如一名爽朗的英国年轻人在云南府所言，除非有人付账，否则没有人会自掏腰包乘头等座旅游。二等座与三等座算是相当不错，而四等座比我以往所见的同等列车要舒服得多，两侧有长凳及敞开的窗口。大多数乘客都在四等座，欢乐愉悦也在于此。除了人类旅者以外，车厢到处都有鸟类、狗、山羊和猪，只要有票就有位。我花了 4 美元给我的狗买了从海防到云南府的票，既然

---

❶ 19 世纪末德国修建了从君士坦丁堡横穿小亚细亚安纳托利亚的铁路。——译者注

❷ 埃雷利，土耳其西北部港口城市。——译者注

付了钱，杰克在车厢里的地位就与我一般不容置疑，中国所有铁路上的情况亦如是。

东京至云南的铁路卓越非凡，可由此看出法国对待远东殖民地何等认真。线路地势较低的半段沿着红河谷而上，工程困难不多，虽然在老街以南路段至少要有175座桥梁。然而，却几乎无法保证足够数量的工人动工。安南人不愿帮忙，而中国人身患痢疾，伤亡惨重，一时间工程停滞，最后每到夏季工程便暂停。另一方面，地势较高的部分，尤其是南溪河谷❶一段，对法国工程师构成极大挑战，代价也相应巨大。实际上，大部分石块体积不够庞大，不足以抵挡夏初猛烈的热带暴雨。离开中国后，我方得知我越过边境的时间刚刚好，因1911年夏天雨季来得早，铁路都因山泥倾泻和桥梁倒塌而中断好几周，状况极其可怕。

铁路是否有所盈利，得倚赖某些不可控因素。现行的海关条例故意限制东京商贸发展，且交通流量可能超出线路承载范围。然而，法国人大可据其利益改变政策。但是，中国政府先前提议修建的连接云南府和西河谷的铁路或会使法国政府损失巨大。暂时而言，中国国内的革命使得计划搁浅，可在工程上并无不可逾越之障碍，而通过中国领土使云南连通出海口，于经济和政治都大有裨益，未来定然会继续。

我们在晨光氤氲中离开河内，途经一片肥沃美丽的平原，水稻与玉米间隔种植，绵延至竹子、棕榈和杧果树交杂的茂密林子。过了一会儿，乡村的景色渐少，而远处的山脉愈近。铁路两侧都

---

❶ 南溪河发源于蒙自县东部的鸣鹫镇，属红河水系，是红河的二级支流。——译者注

中国漫行记：从山野密林到戈壁荒漠

是密集的热带植被，不时有迷人小径通往更高处丛林间的村庄。景色宜人优美，鸭子在这里想必生活愉快，可人类定会惧怕此处热气蒸腾。到达云贝❶时山谷变窄，我们离山脉越来越近，但空气湿度不减，若非刚好天阴，想必会热得够呛。

我的旅伴主要是些民政局官员，还有就是铁路相关人员，他们要么聊聊睡睡，要么静静喝酒。对他们而言，旅途并不新奇，无法抵消不适与沉闷。火车行至一个小站，一名估摸是种植园主的男子上车，后面跟着一个颇具吸引力的安南妇女，背着一个小孩。女子对着车站月台一群当地人挥手哭泣道别。男子在此线路上貌似相当出名，很快便成了同伴的中心，无人留意那女子。不一会儿，他们一家三口睡着了，男子睡在车厢长凳上，女子和孩子躺在地上。她是东京人委婉称作"厨娘"的人，这个称谓只不过是欧洲人在这些软弱迟缓的外族人当中排遣寂寞的结果。阿萨姆❷山区人迹罕至的茶园中的工人离群而居，也面临同样境况，在那边，年轻的英国小伙子们也许要走上一整天才能看见另一个欧洲人。他们发现难以坚持遥远家乡的标准原则，又有何奇怪，或是一旦忽视了传统美德，无论多么微不足道，都不禁一错再错，直到为时已晚。一位年纪老迈，可能一生中没穿过几次晚礼服的美国传教士曾对我说："一名身心纯净善良的年轻人，从英国来到这儿，发现自己得在种植园里关上一年，哪儿都去不得。他本性驯良，但考验实在巨大。首先，他不再为晚餐更衣，因为这有何用呢？然

---

❶ 云贝（Yun Bay），音译。——译者注
❷ 阿萨姆是藏南地区南边的一个平原，源于喜马拉雅山脉的布拉马普特拉河，流经于平原之上。阿萨姆拥有漫山遍野的茶树，红茶远销世界。——译者注

后他就不再留神自己的举止，最后大院里便都是些黑褐色的混血儿了。"在东京，也许那女子能在自己的小屋里自得其乐，过得富裕美满，直至一日种植园主决定回国或是从国内带来妻子。无论如何，结果通常不如人意。至于孩子们，他们无根无垠，既非法国人，也不完全属于安南人。比起印度那些不幸的欧亚混血儿，他们或许要快乐些；说到底，法国人的种族偏见远不如盎格鲁—撒克逊人。

得知东京边境的老街市有一家舒适的欧式旅馆，我便停下来休息一天。老街建在红河与南溪河汇合处对面的高岸上，越过南溪河谷便是中国城镇河口。老街市有着鲜明的欧式风味，作为边界前沿，驻扎着颇有规模的安南散兵团和法国外籍军团。后者不似在外流传的画像中那般黝黑，也很难在他们善意友好、彬彬有礼的举止后，看出其实他们前途并不如意；但其精壮的体格和饱经风霜的面孔与修长秀气的散兵形成鲜明对比，难怪法国士兵将其安南同伴戏称为"年轻女士"。旅馆由两名法国女士经营，对老街与河口的欧洲人而言，这儿像是一个俱乐部，对数不清的猫狗来说亦然。就餐时，每人身旁都围绕着早已在此等候的四脚住客，似乎也无人抱怨。这不过是东西方最为文明优雅的人对宠物喜爱有加的又一例证，无论是英国人、法国人还是中国人都一样。

河右岸的竹林掩映间，有一座白色的小教堂，傍晚响起亲切的钟声。坐渡船经过时，我发现教堂里除了两个安南士兵安静虔诚地跪着祈祷外，便空无一人。我坐着渡轮来回几次，得以观察当地居民。同缅甸一样，安南男、女性之间的差异不甚显著，尤其是相对年轻的安南人，几乎无法辨别男女。这儿随处可见的大大的棕榈叶帽子，使我回想起在马萨诸塞州伯克希尔丘陵 ❶ 一座古老的教堂度过的炎热周日下午，其时，我的小脑袋里一直疑惑着倘棕榈叶不做成扇子，又会是什么模样。现在我身处棕榈之地，终于有了答案，我儿时回忆中带着前往教堂的棕榈扇变成了人人都有的头饰。安南的帽子形似深 3 英寸 ❷ 的茶盘，盘边带有宽宽的边缘，整体大小则跟自行车车轮相若。除了有一条带子绑在下巴处，头顶的帽冠刚好适合头型，有助于保持这巨大的帽子固定不动。大帽子主要用以遮盖头部，防止日晒雨淋，顺带还可以防风，也可用作篮子盖、托盘或摇篮。法国士兵经常与我一起过河，我注意到他们通常讲得一口流利的安南语，不像印度的英国大兵 ❸ 对当地方言几乎一无所知。此外，他们与当地人尽管算不上熟识，但起码关系友好。

　　舒舒服服休息一个周末之后，我在清晨离开老街，在诸多理解帮助下再踏旅途，让人不禁信服"出门靠朋友"这句话在陌生土地上乃至高真理。例如，一位沿河而下的意大利人给云南府最好的旅馆的房东打电报，确保我会受到恰当接待。我自己也已预先打点，可这丝毫也没让他的善良体贴失色。还有一位在中国海关工作的意大利人同我们一道离开老街，特意从河口市过来护卫我穿过边界，好让我无须担心行李事宜。还有一名同样友好的陌生人，提前给在铁路沿线工作的一位孤单的美国站员打电报，让我们这两

---

❶ 伯克希尔丘陵，地处美国东北马萨诸塞州，是美国阿帕拉契山脉的一部分，主要在马萨诸塞州西部的伯克希尔县，有许多高逾 600 米的山峰。——译者注
❷ 一英寸为 2.54 厘米。——译者注
❸ 原文是 Tommy Atkins，是称呼普通英国士兵的俚语。——译者注

个同胞有机会借火车经过在车站交流几句。

离开老街，我们沿路而上南溪河谷。南溪河是从东面流淌而下的一条山溪，愈往前，景色愈加天然原始，且随着海拔渐高，植被也有所改变，老街城外密密麻麻的丛林变成绿草寥落的小坡，而后又到贫瘠不毛的石壁。法国工程师们正是在此遇上了最大的困难。我们在狭隘的山谷间蜿蜒而上，时时踏着刚走过的足迹迂回往复，穿过无数隧道。有一处要越过一条狭窄的深坑，而两侧陡峭险峻，必须要将桥梁分成两部分修建，两部分各自直抵崖面，然后逐渐降低直到两者结合，而河流流淌于桥梁350英尺❶以下。最后，我们在几乎难以相信的梯度上越过了分水岭，俯瞰着海拔5000英尺的平原，眼前风景美妙，供水充足，目及之处皆是耕地，如同供应市场的菜园般备受照料。

当天晚上，我住在一家名叫"周阿米"的半中式旅馆。旅店饭菜味美，且得助于一名铁路官员提前打了电报，我住在旅馆两间好房的其中一间，而其他房间的住客主要是老鼠。这儿是真正的中国，而欧式铁路与法国化的列车和站台的确像是来自另一世界的入侵者。那些法国官员明显也有同感，很得体地把自己当作是西方旅人的东道主与保护者。

第二天，我们便穿越广袤的云南高原，不时爬上高高耸立于平地以上的山脉，不时攀爬狭窄的岩石山谷，灰色的石灰岩悬崖上长满了鲜艳的蓝色花朵，还有盛开粉红花儿的灌木。然而，火车呼啸而过，我来不及辨认它们的种类。大多数时候，我们穿过绵

---

❶ 一英尺约为 0.3 米。——译者注

延不断、小花园般的田野，其间是些半掩映在竹林里的繁荣村庄。此处景色优美多彩，上面是悬崖峭壁，下方是苍翠绿谷。热带和温带植被混合，也令人啧啧称奇。我们身处北纬24度至25度，纬度与加尔各答相若，可在近7000英尺的海拔之上，植物的生长似乎"杂乱无章"，水稻与小麦相距不远，且在这里，海涅笔下的棕榈树和松树终于毗邻而生❶。

离开老街后的次日黄昏，云南府渐近。云南省省会在平原上自东往西沿着低低的山脊伸展，景致蔚为壮观。稻田之间穿插着废墟，一直延伸到临近城墙这边，提醒着行人上一代反清起义的悲剧。南门以外是火车站，离那儿不远有一座中式宅子，一对颇有魄力的法国夫妇把它改建成一家舒适安逸的旅馆，我在旅店待了三天，以整顿旅队，也顺便参观当地景色。

---

❶ 此处意象取自德国浪漫主义诗人海因里希·海涅（Heinrich Heine，1797—1856）《孤独立着的一棵苍松》一诗，诗歌讲述北方光秃高山上的一株苍松，梦见遥远东方灼热山岩上的一株棕榈正在孤独中默默忧伤。——译者注

第二章

云南府的日子

云南省省会风光旖旎。它坐落在一片广阔的平原上，北边城墙背靠低矮的山脊，可放眼城市与湖泊的迷人景色，四面的高山也尽收眼前。它海拔近 7000 英尺，气候宜人。夏季时，阴凉处最高温度为 85 华氏度❶，而冬天愉悦宜人。欧洲人经历了寒风刺骨的北京、潮湿闷热的广东，及天色灰蒙的成都，发现云南天色明朗、凉风阵阵，即使被放逐到帝国这遥远的边境角落，也有丝丝安慰。尽管树木葱茏，云南府本身并不十分吸引人，它似乎由一条条狭窄的小巷组成，不时中断于寺庙围墙或一片荒地，而城的外围都是高 30 英尺的高墙，城内除却一座相当不错的孔庙外，便无其他有趣的景观。不过乡间景色迷人，倒是远足的好去处。湖泊水域原先长约 23 英里，也许曾经及至西墙，但如今逐渐淤塞，距西墙约 5 英里，需乘坐沉重的舢板经由横穿稻田的狭窄运河方可到达。隐藏于竹林中的农舍、茶馆和庙宇点缀着平原，其间不时横亘着高耸矗立、铺着石头的堤坝，两旁树木繁茂。低地富饶的耕地与周

---

❶ 约 29.4 摄氏度。——译者注

围群山形成鲜明对比。山上除却偶有庙宇保存的树林外，俱贫瘠不毛。

云南府人口约 8 万，城镇似乎相当繁荣。附近的山丘上有铜矿，此处的金属制品远近闻名，不过根据法律，所有开采的铜矿都必须送到北京去。不过，云南府的重要之处在于其商贸。作为地区中心，它面积广袤但人口稀少，盛产大米、豆类、小米，以及水果和蔬菜。从前，云南是罂粟生产的首要省份，但当我身处其中，却看不到一片罂粟田。上一任云贵总督锡良❶作为蒙古族官员备受推崇，他本人不吸鸦片，决心执行诏令禁止其使用生产，于是，云南极不情愿地进入了新秩序。而其继任者李经羲❷则众所周知烟瘾极大，不愿改过者便满心希冀会有好日子，最终只迎来失望。经过一番努力戒食鸦片，李经羲宣布自己年事已高，已无力改变，可云南省前程尚远，必须恪守法规。于是，他以跟前任几近一样的力度严格执行鸦片管制，当作是弥补自身的弱点。其时，四川的情况跟云南一致。尽管我遍寻罂粟田，却从未见人培植。也许在不为人知的小径与偏僻幽深的山谷能偶尔发现一片罂粟田，为检查员有意无意所忽视，但总体而言，罂粟种植的确已然基本消失；而仅仅一代之前，据观察入微的贝德禄❸估算，鸦片田占到云南耕地的三分之一。容我们客观评价此番现象。清朝统治也许软弱腐败，不过，至少在消除一个广为流传的恶习上，其成就超于任何西方

---

❶ 锡良（1853—1917），晚清名臣。历经同治、光绪、宣统三朝，以正直清廉、勤政务实而著称，曾任倒数第二任（即第七十六任）云贵总督。——译者注

❷ 李经羲（1860—1925），最后一任云贵总督。——译者注

❸ 贝德禄（Edward Colborne Baber，1843—1890），英国人，1875 年自北京入西南，对西南及藏区进行多次调研。——译者注

国家之努力与意图。诚然，清朝覆灭的原因之一正是其反鸦片政策招致的不满。而据报道，如今个人主义盛行于革命领导人之间，导致执法倦怠，罂粟种植由此死灰复燃。

铁路的到来给云南带来生机，未来经济前景一片光明。在其首府，新生的迹象随处可见。改革运动在帝国边陲稳步推进。一所有八个病区、由中国人管理的医院运作良好；教育事业蓬勃发展，甚至还建起了一所大学。新组建的警察部队全城巡逻，被赞相当高效。然而，最令人印象深刻、一见难忘的当数军队的崭新风貌。军号没日没夜地响着。随处可见步操前进的士兵，操练场成了全城最生机勃勃的场所。但是，虽然如今全城活跃，表面上乐于接受西方思想，但对外国人的恐惧仍隐藏其下。中国人愿意采纳我们的方式，并不一定意味着他们更喜欢我们的做法，而只是意识到如果想要与我们平起平坐，须得借助我们的装备。查尔斯·埃利奥特爵士❶写到义和团起义时，将中国人的立场总结为"师夷长技以制夷"，现在可以改为"师夷长技以自保"❷。操练的士兵、现代的营房、精良的武器，以及今天遍布中国的军事学校，均展示了在中央大国（中国）看来，哪一种"技术"最有即时价值。云南府的军事学校里，教学方式生动深刻。不久前，学生们进行了一场戏剧公演（中国人在此方面颇有天赋），其中一个场景里，一名英国人正使劲踢他的印度仆人，而另一个场景则展示一名安南

---

❶ 查尔斯·埃利奥特爵士（Sir Charles Eliot，1862—1931），英国外交家、殖民行政官、植物学家。——译者注

❷ 原文的两句话分别为"Let us learn their tricks before we make an end of them."与"Let us learn their tricks before they make an end of us."——译者注

人被法国人殴打。故事道理简单明了，"除非你坚强抵抗，否则便命该如此"。英、法国领事提交正式抗议，军校做出适当道歉，可是故事的教训已深入民心。

毫不奇怪，云南人民对外国干涉非常敏感，因为他们眼见西边有英国人，南边更有法国人，贪婪地盯着边界摩拳擦掌。在过去 15 年间，两国一个又一个派遣队毫不客气地走遍全省，连"请勿见怪"都没一句便调查省内的矿产资源，规划各种可行的铁路路线。法国人似乎已扎根省会。一间邮局、一家医院、多家法国商店、旅馆、特派团，尤其是巨大的领事馆，都像是更大一波入侵的前沿哨所。这些自命不凡的机构在各个有争议的领土上持有战略要地，似是不祥预兆。以法国在云南府和河口的领事馆，或俄国在北蒙古首府库伦的领事馆为例，他们在诸多方面更像是驻扎敌国的防御前哨站，而非设在与之关系友好国家的和平代表处。

而云南正准备积极向前。过去一段时间以来，政府一直认真考虑从东部跨省到西江❶和广州的铁路项目，就在我到达云南府之前，两名工程师（两人都是美国人，真可谓意味深长）开始北上，初步勘探连接省会与长江的线路。假设这两项计划能在中国政府主持下进行，那法国人便了无希望。我在云南时，人们正热烈讨论云南—缅甸边界的"片马事件"❷。云南已开始抵制英国货物，如有更多货物可供抵制，成效必然更大。无论如何，此举措表明了人民的感受，而总督李经羲因其立场大受好评。可尽管如此，他

---

❶ 疑指珠江水系干流之一的西江。——译者注

❷ 片马，即现今片马镇，为云南省怒江傈僳族自治州泸水市下辖镇。1910 年 12 月英军占领片马，称"片马事件"。——译者注

也无力制止革命党在短短几个月后将其驱逐出境。

但无论群众对外国人的观感如何，外国人似乎并未从云南府民众身上感受任何恶意，而表面上，官方关系也相当友好。我发现外务部准备尽其所能使我在云南的路程顺利畅通，这也可能是由于外务部驻云南省大臣曾于纽约担任数年领事。经安排，某日下午，我与一位传教士夫人一同拜访了大臣夫人。轿子穿过狭窄蜿蜒的街道，停在一个不大显眼的门口。我们进入大院，里面有好几座房子，周围是美丽怡人的花园。接待我们的屋子共有两间房，一间是前厅，一间是会客室。会客室以平常中式风格装修（在我看来，这风格从客栈到皇宫都几无变化），内有沉重的高背椅子，又重又高的桌子放在墙边，墙上装饰着画轴和题词；唯独房间中心有一张大桌子，盖着欧洲制造的桌布，放着一碟碟英国饼干和糖果。女主人穿着改良过的中国服装，优雅得体地接待我们。她清秀的面庞与在新英格兰老城镇的街上或教堂里遇见的许多人并无不同，而她焦虑的表情多少强调了这一相似之处。她愉快地说起在美国度过的岁月，聊起她在纽约著名私立学校接受过教育的女儿，每当回望那些日子，便抱怨说云南府缺乏社交生活；可她随即提到一位年轻的英国副领事即将到来，希望这意味着有网球可打。在这偏僻的角落，我意外接触到新中国清新自由的一面。我们动身离开前，两个小孩被带进屋内，二人皆出生于美国，其中一个名叫"黛西"，另一个叫"林肯"，可惜都不大记得英文了。

我的轿子与轿夫

云南府附近的一座牌坊

我在云南府❶的三天间，得助于英国总领事，得以到周围乡村短途旅行一两次。其中一次出游特别愉悦，我们花了一下午到"金殿"❷，那是离市区约5英里路程的一个著名铜顶道观。刚出城，轿子穿梭在狭长的豆田和稻田之间，随着路越走越远，我们到达一个高高的堤坝，两边都是树木。我们沿着一条景色迷人的小路蜿蜒前行至道观，它高耸于山上，掩映于松柏丛中，上、下两院前后排列，长而陡峭的台阶连接其间。在上院，我们遇到友善的道人，他们静谧高贵的款待被寺庙狗群的吠叫声打断，狗群面对杰克的沉着冷静几近发疯。中国寺庙无甚有趣之处，建筑通常简朴无华，内藏珍宝寥寥，但一切都任人观看，毫无黑暗神秘之角落；宽敞的庭院种满鲜花，瑰丽馥郁。寺庙所收藏的神像通常怪诞丑陋，极少表现出传统佛像的优雅宁静；可另一方面，又从不失尊严。

　　我对云南府及其人民方窥得一二，同时，陆路旅行也在准备当中，这主要归功中国内地会❸史蒂文森先生的好心帮助。他居住云南已有些年头，深谙当地风俗，对乡民也颇为了解，其建议对我大有神益。其中，聘请苦力当然至关重要。第一阶段的旅程——深入建昌谷❹中宁远府的两三周旅程——的成败便取决于此。"苦力

---

❶ "府""州"和"县"常被用在中国地名之后，表示行政区分。"府"亦即行政府，"州"指"部"，而"县"是一个区。拥有这些词作后缀的城镇乃各自地区的总部。——译者注

❷ 太和宫金殿又名铜瓦寺，位于昆明市区东北郊七公里处的鸣凤山麓，是云南著名的道观。主殿系青铜铸造，熠熠生辉，耀眼夺目，故名之"金殿"。——译者注

❸ 中国内地会（China Inland Mission，简称 CIM），一个基督教跨宗派组织，于1865年由英国的戴德生牧师（James Hudson Taylor，1832—1905）创办，1964年以后称海外基督使团（the Overseas Missionary Fellowship 或 OMF International）。——译者注

❹ 原文为 the Chien-ch'ang valley，疑指建昌道。建昌道，也称建昌上南道，原驻宁远卫（宁远府）。建昌道与金川相邻，其地理位置重要，民族关系复杂。——译者注

行"，亦即苦力协会的代表人是一位英俊体面的先生，他随着史蒂文森先生来到旅馆，认真检查我的行李（连我的狗也被抱起称重，以备它不时也需骑马），然后决定我所需要的苦力人数。因我希望能快速行进，虽然行装不重，还是再加了一人。平均每人负重约七八十斤，一斤约等于1磅。云南的苦力一般将担子扛在肩上，平均分成两半挂在竹竿两端。而我的轿子要四人来抬，便聘请了四名轿夫，除却那种以两头是曲杆，将乘客高举于轿夫肩头的中式轿子外，我的轿子算是路上所见最为豪华的了。起始我并没有意识到人数的重要性，尽管我留意到翻译满怀兴趣地询问有多少名轿夫。对于旅途安排如此舒服，我深感欣慰。坐在轿子上，下方封闭而上方开放，还有防水顶棚和可放下的帘子，使我免受日光曝晒、风吹雨淋，又可回避行人目光，真仿似坐在宝座上一般。座位下有一个隔间，放得下化妆袋、照相机和保温瓶，而我的脚下有足够空间容纳杰克。翻译的轿子则由两人抬着，他对此非常不满，我也心存怀疑，然而我们的理由却不尽相同。他觉得只乘两人轿有损尊严，而尽管轿子轻便，其上的中国文人骨架小又无肌肉，理应不会造成太重负担，我仍担心两名轿夫负担太大。无论如何，这安排并不得当，于是在宁远府，翻译换上了一台封闭的三人轿子，他开心我也高兴，不过也是出于不同缘由。

轿子实在太过豪华，恐防不能持久，于是我从一位准备回家去的丹麦海关工作人员手上以44鹰洋给旅队添了一匹矮马。云南矮马体格小而健壮，像猫一样活跃。它们喜欢踢人，我的也不例外。虽被描述为一位绅士的骏马，但它的行为习惯却如驮马一样。我怀疑我们一行人中没有谁还没被它踢过。在路上它跟其他矮马打招呼，模样相当好玩。矮马步履稳健，愿意长途跋涉，尽管它对如此漫长的旅程不甚习惯，但在细心照料下，最后平安到达。我们需要保持警觉以确保它水粮充足，大多数时候，其中一个苦力的职责完全在于照顾矮马，在我不骑马的时候引领它前行。这意味着每当我从马鞍上下来，要保证它的肚带放松，马镫要绑好。我们从云南府出发时，旅队共有苦力13人——6个轿夫，6人背负行李，还有1名"夫头"，即"苦力头子"，负责监督其他人工作，平息纷争并处理难题。简而言之，他既向我负责，也要向"行"负责，保证双方达成的合同顺利执行。以我有限的经验来看，我的夫头是天赐的礼物，他极为能干，能顺利解决困难，又乐得满足我的要求。至于合同，必须得认真对待。每一处细节，包括路线、阶段、人数、需付款的数额以及付款的方式和地点，都在文件中仔细敲定。合同一份归于苦力行，另一份在我手上，在行程结尾交付于夫头，好让他交给行长，证明他已履行合同。从云南府至宁远府，通常共计16个阶段，每一个苦力工钱为7鹰洋，或约3.5美元。出发前大约先付三分之一工钱，其余则在路上按照指定间隔支付指定金额。我不管他们的日常饮食，可倘若他们表现良好，我会时不时给他们"肉钱"。倘在街上随便聘用苦力，估摸会便宜一些，但结果不一定如意，因为苦力行会就苦力的行为对你负责，相应地，苦力会将收入的一定比例上交给苦力行。

我的备用物品和床上用品等装在大盖篮中，随便锁上挂锁。随着时间推移，篮盖松动，挂锁不时被突出的岩石撞掉，却从没有任何物品丢失或被盗。为防潮防虫，我给篮子铺上中国油布，它们极易耗损，可十分便宜，只要还没破就非常好用。其他同一材料的床单通常在旅馆里使用。其中一块放在地板上，再放上我的行军床。其他的则铺在每间旅馆房内都有的木质大床上，上面放着我的衣服、马鞍等。油布崭新时散发令人不快的刺鼻气味，但对防虫极为有效。

路上最重要的是钱。我在上海有一个香港上海汇丰银行的账户，只要遇上欧洲人，便可以兑换支票，可是，从云南府到宁远的路程持续两周半以上，途中基本碰不上外国人。幸亏云南在金钱以及其他方面都逐渐觉醒，拥有自己的银币系统，而且这系统还为当地居民所接受；但我之后吃尽苦头方发现并非总是如此。在本地银行家的帮助下，我准备了充足的云南元上路，其价值与鹰洋相近，我还得到了一些四川银币，方便进入该省时使用。此外，我收获了70元湖北钱币，为此颇为自豪，别人告诉我这在长江流域任何地区都用得上。然而，当我到达宁远府，我发现大家都不要湖北钱币，除非要大大打折才愿意。我不愿再携带这负担，决定以低价卖给中国银行家，但他们发现都是些20分的钱币，就怎么都不乐意要了。于是我只好带着它们又走了两千多英里，一直到了湖北。可即使到了那儿，人们也不大肯要这些钱。汉口的铁路办事处愿意接受不超过40分价值的硬币。假如你的票要花10.5美元，你就得给张整钱，好让火车站有机会把一些不想要的零钱塞给你。到最后我只好在朋友间以及朋友的朋友间到处派送这些20美分钱币。我身上带着一圈圈铜币，以便路上有零钱可用，而我的厨师给自己做了一条长长的"铜钱"串，价值约等于20美分。

在外务部的安排下，两位士兵被派来随同我穿越云南。这主要出于官方的意愿而非旅行者的请求。中国人从过去的经验学到，倘有欧洲人受伤或是仅仅有所不满，都可能引致与伤害完全不成比例的惩罚。因此，为了避免麻烦，官员通常坚持派遣士兵护送经过其辖区的外国人，而一般而言，旅者不得不接受安排；倘若拒绝，就更难因遭受的任何损失或伤害得到赔偿。就我而言，我并不反对此安排。这笔费用由政府支付，除却要按习惯付小费，我发现随同在许多方面大有帮助。他们每隔一段时间就换一次人。当我们到达他们受遣行程的终点，我让他们将我的名帖交与当地官员，便有两名新的士兵拿着那位官员的名帖前来报到。

随行士兵当中有一些是老兵，光凭其凌乱的黑红马褂和背后的粗体字，无法将其与衙门差役辨别开来，而他们的武器也只是一把短剑或一柄插在皮鞘里的大匕首。进入四川后，陪同的通常是来自新军的真正意义上的士兵，身穿相当整齐的卡其色或灰蓝色军装，携带新式枪械。但不管是老兵还是新兵，我留意到他们无论何时何地都礼貌友好，随时准备满足我任何微不足道的要求。他们其中一人负责陪伴我，另外一人照料负载行李的苦力。他们熟稔我们穿过的特定区域，经常能给苦力指出一条捷径，或者在错综复杂的道路中帮助我们穿过田野。有时我们会事先派一人去晚上落脚的村落，确保有最好的住处，他们常常以极大热情帮我整理房间。准备工作通常包括清扫地板上积累已久的尘埃（我本人不大喜欢扫地），以及无情撕开格子窗户上糊着的纸（这我倒是挺赞同）。中国西部鲜见玻璃窗，而纸窗因其材质极其容易戳孔，只能拦住光线与空气，却挡不住好奇的目光，还不如直接撕掉，好享受清新空气。在路上，我的陪同很快便察觉我对花儿的喜好，一路上给我采来大束大束的鲜花，使我的轿子似是花团锦簇的闺房。

他们有时表现出对小狗的喜爱，又或是为了证明他们热心服务，会把杰克抱起来走上半小时，这使它极为厌恶，因为它强健的双腿不知疲倦，又渴望亲自查探路上每一个角落。杰克总是仔细观察旅队里谁走得慢被落下了，苦力们便称呼他为"小夫头"。

第三章

穿过云南

我定于四月八日启程，早上四点半，苦力行的负责人已集合所有苦力在门口等待，但我们到九点才算出发。旅队看起来很是壮观，为首的是骑在结实矮马上的史蒂文森先生，我坐在轿子上紧随其后，随从和苦力落在后面。可是，同往常一样，还是有所欠缺，我们被告知外务部给我配置的陪同的两名士兵中的一员会迟些赶上。幸运的是，史蒂文森先生跟本地人一样脑袋灵活，立马就怀疑士兵使坏，两人都领取了旅行津贴，然后耍诡计，只有其中一人随我们离开。于是，我们立马遣信使去找那擅离职守的士兵，后来绕过北墙外一段崎岖小径到达西门时，终于看见他在那儿满脸堆笑等着归队。

　　我在此处与史蒂文森先生道别，离开城市，再一次踏上了"乡间大路"。头上闪耀着云南的灿烂阳光，前方是通往未知世界的长路。我与伟大的西部城市成都之间，尚隔着700里山区郊野与六周的旅程。我所计划的路程起始朝正北，穿过长江后再穿越著名的建昌谷。但是，到了大渡河❶上的富林❷，我打算一直绕到西面的打箭炉❸，如此一来，尽管不能进入西藏，也许仍能窥见些许藏族人的影像。虽然在香港时已收到公使馆驻北京分馆发过来的示警信，我仍无畏困难，反觉旅程因此带上一丝探险的意味，令其中险阻俱可忍受。路上通常好几天都见不着任何西方人，可我亦不惧孤独。"风景狂野，却又清新自然"，路况总不断变化，而时光飞快流逝。我看着身边同伴，已然感受到往后共同艰辛跋涉间将形成的同志情谊。东方人在我看来很相似，只要你付款慷慨，体贴对待，面对旅途中不可避免的灾难一笑而过而非咆哮发怒，他们一般都会待你忠诚，乐意服务。唯独当因酬劳过多而不知满足，或被以无法理解的方式欺凌压迫时，他们在外国人眼中才会变得难以相处，不可信赖。而中国人通常通情达理，他们相信"不劳者不得食"，工作起来利落又愉快。然而我从未带领数量如此之多的中国人上路，看着一队苦力，既兴致勃勃又略略不安。总体而言，他们身体强壮，长相得体，其中两三人已达中年，其余的尚且年轻。看上去皆能胜任工作，事实上亦是如此。所有人都穿着中国人必穿的蓝色棉布衫，差别只在于磨损程度，色调从蓝黑色到泛蓝白色不等，衣服的样式也总是相同，压方的短裙裤，上面是带腰带的长袖衬衫，根据天气而定，袖子要么完全遮盖手臂，要么挽到手肘位置。他们头上通常扭绑着一条棉布以吸汗，烈日炎炎或倾盆

---

❶ 大渡河，位于四川省中西部，发源于青海省玉树藏族自治州境内阿尼玛卿山脉的果洛山南麓，为岷江正源。——译者注

❷ 富林，今四川省雅安市汉源县富林镇，位于大相岭支脉印版山南麓。——译者注

❸ 打箭炉，古地名，即今四川省甘孜藏族自治州的政治经济中心康定市。——译者注

大雨时，才戴上盖着油棉的宽檐草帽。他们一般将长辫塞进腰带，免得碍事，但辫子偶尔也会派上用场，例如，倘帽子不在手旁无法遮挡炫目的阳光，他们便巧妙地在眼睛上排上树叶，用长长的黑辫绑紧。苦力脚上总是穿着这边的草鞋，倘穿惯了，鞋子即使不耐用也极其便宜（一双只花4鹰洋），而且还非常防滑，效果令人满意，反倒是阶层稍高的中国人所穿的普通鞋子总是不尽如人意。展望东方，只有赤脚农民与穿凉鞋行走于山中者才没有因脚而受累。中国绅士的毛毡鞋，还有印度人的无跟拖鞋，都是同样地既不舒服也不好穿。既然西方鞋匠想着要开拓东方市场，何不好好研究当地人的脚板，以造出适合他们的鞋子呢？

我们在云南行进极有规律。吃过早餐后，大约七点钟出发，食物也大同小异，通常是茶和米饭，我的食物从河岸边购买，而苦力们的食物则是一路上买的。上午路程中，每隔一段时间便停在路上的茶馆，让大家稍做歇息，抽烟喝茶。有时我就坐在轿子上在路边等，但更经常地，我从村里的噪音和污垢中逃离，走到大米与豆田之间，让矮马吃上几口香甜的青草，而我在草坪上坐坐，享受静谧洁净的环境。当然，我经常被村里的人发现并尾随，可他们的好奇心并不十分令人生厌。他们一般会围成半圈蹲在我周围，静静凝视着我。如果离得太近，我会大笑着挥手让他们回去，他们便顺从地离开。满脸是泥的孩子们也相当迷人，不过在他们学会洗脸擦鼻之前，我必须承认我还是喜欢与他们保持距离。

中午时分，我们停在旅馆或茶馆吃午餐，好生歇息。我通常在大饭馆后半部面向大街敞开的地方进餐，这是厨师能为我找到的最舒服隐秘的地点了。我的午饭就是米饭配上炖鸡肉或牛肉，还

云南路上，我的旅队

云南路上，我的军事护卫

中国漫行记：从山野密林到戈壁荒漠

有果酱和饼干作甜点，除了偶尔能找到些洋葱或土豆，晚餐也基本一样。当地人总对我吃饭前的设桌排盘极感兴趣，茶馆前挤了黑压压一片人，看着我们铺上干净的桌布，更换碗碟。而当其中一名被厨师训练为助手的苦力给杰克的盘子倒上米饭作午餐，人们的兴奋便达到顶点，大人们踮着脚尖站着，孩子们轮流爬上对方的肩膀，就为了看看一只狗如何吃得人模人样。他们从来没有因杰克食物充足便心生羡慕嫉妒，相反，还经常赞许地微笑。我们距离华东饥馑地区数千里，旅经的大部分地区几乎看不见乞丐或饥民。到了下午，我们每隔一段时间就在路边的茶馆稍歇，苦力们每小时都需要休憩片刻。

　　一天行程结束时，通常会到达一个有相当规模的城镇。我宁愿停留在更为宁静自由的村庄，可苦力们希望停在大镇子上，那儿更热闹，饭菜也更可口，于是每天的行程便如此相应安排。我们的"登场"嘈杂喧闹，引人注目。每一次，当地人都似乎对我的来临有所期待，如同施展魔术一般，好奇的人群瞬间挤满了狭窄的街道。士兵在人流中为轿子开路，苦力们步履轻盈，一边使尽全力大声叫嚷。我试图像中国官员一般冷漠平静，可一般来说，孩子们看见杰克在我脚下便高兴尖叫，而杰克也兴奋地吠叫回应，计划一下子便"全盘乱套"。大家都赶着来看"洋狗"，我紧紧抓住它，只有当轿子往左右急转，而后被举起踏过门槛通过旅馆大门进入庭院后，我方透过气来。可是人们毫不迟疑，紧贴着我们脚跟汹涌而入，有时候即使在专门通往所谓中国套间——客栈最好的房间——的内院入口处也不停下。客栈的秩序由此打乱，我不禁同情起老板来，不过他欣然接受，也许这鼓噪自有其价值，令世界知晓那流落在外的洋人落住他家。人群在客栈前流连顾盼，想再看这不寻常的游客一眼，他们等待时所喝掉的茶水，我想，对老板而言这也算些许奖赏。无论如何，我们总是受尽欢迎。我的随从占据客栈的方式，在我看来相当无礼，却无人反对。仆从在庭院喧嚣吵闹，轿子和篮子又挡了路。他们为我奔走寻找最好的房间，而后马马虎虎地测试门锁，又随随便便整理行装，而老板站在一旁，无奈又彷徨。

在村子里，人们直接便从马路上进到一个客厅、厨房和餐厅三合一的大房间，而后面则是寝室。镇上的客栈或多或少按照同一模式建造。入口是一家朝着大街的大饭馆，除了清晨以外总是桌桌坐满人，大家啜着茶，抽着烟。从饭馆过去是一个铺着石子的庭院，四周通常是只有一层的低矮建筑，偶尔会有面向走廊的二楼。这里有厨房与卧室，而储藏室和马厩则有可能挤在任何地方。面积最大的旅馆常常带有内院，里面是更为舒适的房间。

厨师到处奔忙去拿热水，而苦力头头去收拾我的床铺，我通常与"马夫"，即照看马匹的男孩，一起看看矮马是否被照顾得当。它一般就在附近，时而拴在我的房门上，经常就在我房间下面的马厩里，有一次还住在我房间上面。而这时，在一天的劳累过后，苦力们坐在庭院洗净身体，用源源不断的热水冲洗着胸部、头部和腿部，这是中国客栈唯一能提供的奢侈品了。我每天看到他们洗刷身体，足可以证实中国的苦力有多干净。他们的棉服版型松垮，通风良好，即使不频繁清洗，也没有西方世界那种没洗过的衣服的臭味。我多希望也能够如此形容逗留过的旅馆，可惜的是，每一间旅馆都臭气熏天，偶尔房间肮脏得过分，我便拒绝居住，极力为自己争取权益，随从和苦力跟在我身后，个个困惑不已。几乎每一次我都能找到一间阁楼或是马厩院子，至少那儿空气清新，老板二话不说就答应换房，可是我猜想，他最好的房间居然面对如此蔑视，必然极为伤心。

通常我吃完晚饭就上床睡觉，反正也百无聊赖，灯笼光线昏暗，不宜阅读，而我带上的书也没几本。夜晚对我而言无甚消遣，但中国人像大多数亚洲人一样，对日夜几无区分。倘没有事情好干，他们就埋头大睡，若受工作或娱乐感召，他们便清醒过来。旅馆要过午夜许久方安静下来，四点钟便又开始热闹，七点之前我们便再次启程了。

在云南，或"云之南端"，你身处一片阳光充沛，风光秀丽，有着无穷魅力的土地。它面积 15500 平方英里，几乎连绵不断，无论往哪边走，总得攀上爬下，经过之地要么植被对比强烈，要么完全缺乏植被，两者同样让人印象深刻。贫瘠的雪山悬挂在小山谷上，真真是热带地区的罕有美景，一步之遥，便从荒芜贫瘠的砾石滩走到波光粼粼、绿水倒映的花园绿洲。云南盛衰无常的历史，体现在居于深幽峡谷和狭窄河岸间的不同民族中。自公元 13 世纪元朝建立后，汉族人便平静勤勉地征服此地，如今他们遍布全省，事实上已占据了最为肥沃的土地。不过，他们既没有消灭原住民，也没有尝试将其同化。今天，各原住部落合共占全省人口一半以上，云南的族群地图呈现奇妙的融合，汉族、掸族、彝族、苗族、傈僳族 ❶ 以及一些尚不为人知的族群并肩存在却又保持各自特色。

---

❶ 原文是 Losus，疑是 Lisus（傈僳族）的误拼。——译者注

行进首日清晨，我们沿着西部贸易路线前行，遇见不少匆匆赶往省会的行人，他们大多是苦力，将木材、木炭、家禽、水稻、蔬菜等扛在背上或挂在肩膀的竹竿上。每人都是步行或骑着矮马，沿路没有一辆车子，甚至连手推车都没有。比起印度人，这里人们的衣服缺乏色彩与样式变化，所有人都头披黑发，身穿蓝色衣裳。但这些面孔在肤色深浅与面部特征上比我想象的更为多样。在美国，我们主要跟某个阶层的中国人接触，而他们通常来自广东省。可云南人和四川人与广东人不同，体格相比之下更高大壮健，姿态也更为漂亮。一般来说，要辨别异族面容表情之差异需要丰富经验，如欧洲人对于亚洲人而言全都大同小异，但我已经能从路上遇到的面孔中辨认不同容貌，而且，他们的脸庞并不像我所预料的那般陌生。我总是惊诧于某些人竟然跟家中某种类型或某个人如此相像。例如，一名轿夫是个皮肤光滑的年轻人，跟我以前一名学生惊人地相似。不论肤色深浅，面容美丑，他们都友善地与我打招呼，在我经过之后向苦力询问更多细节。我有四名轿夫，已然说明我的地位，而仆从遵循东方习俗，以我的荣耀为自身光荣，告知行人我是名"学者"，一位"博学的女士"，对我此行目的则语焉不详。诚然，我并非传教士。不管怎样，我只是个女子，想必害处不大。

穿越平原后，我们进入丘陵地带，路蜿蜒上下，但脚下总有数代之前艰苦铺上的鹅卵石和扁石，现在的路况应验了中国一句俗语

"十年好，万年坏"❶。山路日久失修，人与矮马都不得不谨慎前行。破落不整的石阶绵延山间，逶迤起伏，我那刚装好马蹄不久的矮马笨拙挣扎，时常滑倒，每当眼前出现一片红土可稍做歇息，我总是如释重负。让我坚持坐在马鞍上前行的既非勇气亦非骄傲，我深知前方道路大多只会更糟，便宁愿迎头面对。倘若前路太惊险难行，我总可以退到轿子上，信任四名轿夫那八条稳健的腿脚，放任自己享受沿途景色。

我们第一天停在普济村❷吃午餐。餐厅又小又挤，厨师不得已把我的饭桌设在指指点点的人群当中。我便成了无数乌黑眼珠的目标，每一举动都被讨论，吃的每一口都被计算。首次得此经历，不免有些许尴尬，可人们似乎相当友善，当我想拍些照片时打打手势，他们便顺从地过来集队或走开让路，可惜照片拍得不太成功。这时候，我再次接触到熟悉的世界，史蒂文森先生细心派来的一位信使赶上了我，将早晨的信件送过来。根据安排，他已获得相应酬劳，但信使不晓得我知情，意图索要更多酬金。人群紧紧挤在一起听着我们讨论，当那人被迫承认已经收过颇为慷慨的小费，他们便满足地咧嘴大笑。中国人的商业本能使他们不偏不倚，即便面对自己人与洋人间的交易亦如是。

那天我们行进了 60 里，即约 19 英里，晚上停在一座叫"二村"的村落，这个村小而无趣，旅馆环境很差，我只好安慰自己最好马上习惯最坏的情况，只是我不敢确定那已是最不堪的情形。

---

❶ 原文为"good for ten years, bad for ten thousand"，但未找到找不到对应的俗语。——译者注

❷ 普济（P'u chi），音译。——译者注

我的房间距离公众聚集的场所只隔了一扇窗户。自到达那一刻起，窗户上便挤满了一张张好奇的面庞，目不转睛盯着我看，他们你推我搡，个个伸长脖子好看得更清楚。我的随从给我挂上一张油布床单，但很快就被拉到一边，我只好在公众视野中洗衣、吃饭、睡觉，就像以前的皇家成员一样。

第二天，旅队在美丽的春日中出发，走在群山之中，沿路都是贫瘠的山坡，可空气令人陶醉，山脊上的景色也迷人。我们不时走进一座小山谷，一组组房子坐落在羽毛似的绿竹当中，四周是小片的绿色田野。狗儿吠叫，孩子们追着我们，男男女女停下来微笑致意，与苦力聊上几句。一般而言，这儿的居民看上去悠然自在，丰衣足食，可不时也会经过一些毁坏废弃的小屋，破旧的原因各式各样。例如，灌溉系统已不再运作，导致水源缺乏，或更常见的是因为禁止种植鸦片作物，人们便只好远离家园。但通常很少有未被占用的耕地，事实上，在习惯于有着绵延不断的乡村田地等待耕作的美国人看来，他们辛勤用尽每一分土地的努力颇为窘迫。据说在1851—1875年间，云南人口已经下降到仅100万左右，可如今，部分由于汉族人口增长迅猛，部分由于来自四川省和贵州省的移民，据估计全省人口高达1200万。无论如何，熟悉这片区域的人认为云南省所剩适耕农地不多，仅够支撑现有人口，也无法给过分拥挤的东部地区提供救济。

我们停在富民县❶吃午餐，这儿约有800户居民，繁荣昌盛。一如既往，我在公众眼前进餐，尽管有一个穿着卡其色制服的警察

---

❶ 富民县，隶属云南省昆明市。——译者注

帮忙，人群还是挨在我桌边，不过，他们相当快乐友好，其兴趣很容易便从我转移到小狗身上。这儿是一个县镇，即地区中心，我们在此换了一批士兵。跟随我从云南府过来的人被遣散了，小费约为一天3美分。他们似乎非常满意。这是惯常的酬劳，如果我多给了，他们便会要求额外的报酬。那天下午，我们在一家茕茕子立于风景如画的山脉上的小客栈停顿，休息了好一会儿。我坐在轿子上，苦力则在室内饮茶，几个孩子聚集到我身边，倘见我形容危险就准备立马跑掉。最后，其中一个孩童鼓起勇气，双手给我捧来荚中的生豌豆，那是当地替代糖果的小吃，我啃了一口，味道十分清新可口。于是我给了他们一些饼干，孩子们非常喜悦，而父母则一脸赞许。要搞懂中国人的想法并不难。他们宠爱孩子，而世界各地的孩子相去不远。不止一次，我忽视那些不大友好的长辈，转而跟小孩儿玩耍，就此解决了一个个尴尬的场面。取悦了孩子，你便得到父母的欢心。

当晚，我们在车贝❶留宿，那是一个海拔6000英尺的小镇。我住在客栈最好的房间，虽然肮脏，但却宽敞通风。靠着其中一面墙的桌子上放着祭拜祖先的用品，那天夜里，我稍晚入睡，好让人家过来烧一些香烛，他们非常实事求是，我的厨师刘先生把我的洗漱用品置于神位之间，可他们完全不受影响。

次日，我们沿着美丽的山脊往上攀登，提前在一个名叫"鸡街"，坐落于风光秀丽的山顶上的小围村停下来休息。才过不久，我们眼见一场暴风雨越过高山而来，还来不及找到藏身处，云层便

---

❶ 车贝（Chê-pei），音译。——译者注

在头顶裂开，大雨将苦力淋得浑身湿透，但他们都乐呵呵的，大笑着继续前行。雨一连下了好几小时，道路状态时如小溪流水，时如赤泥汪洋；矮马驮着厨师失蹄翻身，好在人马皆平安。苦力们脚滑挣扎，连轿夫都摔倒了，他们尴尬又困惑，因为通常来说，轿夫可不应跌倒。日光将尽时，天终于放晴，光亮的夕阳很快就晒干了路面，我们状态良好，快步走到武定州 ❶，苦力敏捷地在田埂中穿梭，这是到达此重要城镇的快捷路径。我们的来临同平时一样，集合了胜利游行与马戏团表演的喧哗——人们匆忙赶来观看，孩子们大嚷，狗子们吠叫，我的苦力们边喊边穿过人群，而我坐在轿子上观察一切，试图以亲切仁慈的微笑扫除尴尬。有人告诉我，中国人的兴趣通常集中在外国人的鞋子上，可在我看来，当他们的目光落在我脚上时，杰克总会转移他们的注意力。

夜里又下起了雨，我们次日便留在武定州。中国人适应力惊人，可承受极端的冷热。因此他们能顺应任何生活环境，无论在新加坡、加拿大还是巴拿马，他们一样能卖力工作。然而，他们讨厌下雨，一场大雨正好给他们理由停歇。幸运的是，这家旅馆不同寻常地体面干净。从街上走进外院，后面还有另一个大得多的院子，四面都是两层高的建筑。我的房间在楼上，能观赏小镇美景，这儿比中国的大多数城镇都更吸引人。寺庙和衙门特别漂亮，房屋上铺着晒干的云南红壤制成的红砖，砖块已然晒干，看着很是舒服，上翘的瓦屋顶在绿树掩映下如画般优美。

---

❶ 武定州，即现今武定县，位于楚雄彝族自治州东北部，东邻昆明市禄劝县，南与禄丰、富民毗邻。——译者注

下着雨的上午，我在写作，又靠着走廊看着下面的人的生活。起始的激动过后，人们就不再管我，自顾自地忙活去了。在院子一边，人们在一个长长的、新月形的水泥炉灶上做饭，灶上配有六个孔穴供生火。每一个火孔上方都有一个碗状凹陷，在那儿放着大铁锅。乡村的食物一般都是清煮，且经细心调味。我对他们做饭的主要意见就是不能彻底煮熟。中国人只要米饭和蔬菜煮熟了便可，不像我们那样要求煮得软熟。在稍小的客栈里，我的随从会自己做饭，其中几个厨艺还不错。特别是一名士兵，在做美味的炖菜方面是名能手，大家都极其欣赏他的厨艺。

武定州是指定支付分期工资的地方，也是支拨"猪肉钱"之处，我的苦力大吃特吃后，便将辛苦赚来的钱赌在一个叫"番摊"❶的游戏上。他们只跟自己人玩牌，结果到了第二天，有的赚得盆满钵满，而有的则被迫出售帽子来付饭钱。我只希望到了下一个发薪日，他们可以重新调整战利品归属。

下午天放晴了，我在两位警卫陪同下，来到围墙外一个迷人的小树林。我在一处安静的角落里休息了一会儿，欣赏着山谷的景色，为远离酒馆的喧嚣而欣慰。我蜷缩起来，睡得很熟，醒来时心神不定，仿似被人盯着看。果然，在我躺着的河边高处，有两双惊恐的黑眼睛正凝神注视。这两人来到山上，偶然发现了我，看到我笑了，便坐在我面前，开始问我问题，而我只能以笑声回应，于是他们友好地沉默着，边小心翼翼地抚摸杰克，边留意着我。如果笑声互通，还能抚平对话带来的疑惑，那缺乏言语又有

---

❶ "番摊"，中国古老的坐庄赌博游戏的一种。——译者注

什么关系呢？几年前有一次，我只带上一个苦力，在西藏西部穿过一个山隘，而旅队走在后面。我们来到什约克河上的一座小村庄。大多数村民先前从未见过欧洲人，我没法与之交谈，我的苦力来自山脉的另一端，与当地居民无法交流，而他和我之间也沟通不了。但我笑了起来，于是所有人也都笑了，5分钟后我坐在核桃树下的绿草上，膝盖上放满他们送给我的鲜花和桑葚，全村人围坐在石墙和屋顶上，村长给我脱掉鞋子，揉着我疲惫的双脚。

待休息完毕，附近寺庙的一位僧侣前来邀请我参观。那是一座普通的佛教寺庙，只有一尊用晒干的黏土做成的如来佛祖像还值得一看。僧侣说他什么也没做，拒绝我的香钱，可他非常乐意让我拍一些照片。

之后三天，我们行走于分隔长江和红河盆地的山脉中。旅队远离大路，沿途几无村庄或行人。让我高兴的是能暂时远离使矮马滑倒擦伤的石路，坚实的土壤让它能站稳脚跟，时不时还能放腿奔跑。通常而言，一天行程开始时，我们沿着间隔田地的狭窄草皮通道行进或是在石墙顶端走过，一天旅程结束时也如此。我学会了尊重步履稳健的云南矮马以及绝不浪费任何一分耕地的云南农民。

我们不时要跨过石桥，石桥极少超过一拱，坡度相当高，经过的矮马沿着拱坡艰难上爬，又几乎在另一边踉跄滑倒。这些区域的桥梁如画般美丽，给湖光山色增添魅力，与新英格兰境内那些令秀丽河景黯然失色的、像棚子似的丑陋桥梁形成鲜明对比。

我们交替翻过贫瘠不毛的小山与松树覆盖的山丘，到处可见木炭燃烧的痕迹，有时候又穿过深峡，或是深陷葱郁翠绿的小山谷。

武定州，寺门

武定州，寺院一角

中国漫行记：从山野密林到戈壁荒漠

好一段时间，我们沿着石梯往下行，梯级似是无穷无尽，顶部和底部皆有士兵把守。以前这儿有强盗出没，但如今政府正积极努力，以确保沿途交通安全。我们那晚住在一座小村庄里，一位特别指派的守卫驻扎在客店门口，以防掠夺者真的前来。

这还是四月初，可即使山势如此之高，花儿也在灿烂绽放，每天都带来新的惊喜。玫瑰的品种极为丰富，有的洁白无味，有的粉嫩娇小、香味馥郁，土地上还覆着黄的、蓝的花朵。我们不时经过一组舒适宜居的农场建筑，但大部分的农乡地区都荒芜孤寂，小村庄凄凉惨淡，有一次我们还停在一个四处渺无人烟的孤独宅子里过夜。离开云南府一周后，我们进入左岭河谷，这是长江的一条支流，土地更为肥沃。有人提醒我从此处起始气候便起变化，在接下来的 24 小时里，我们在长江流域的湿热蒸汽中汗流浃背。这里不缺水，大大小小的溪流从四面八方奔腾而下，使左岭河几乎跟主河本身一样壮阔。走到一处，我让随从们先进村里，而我停在河边洗洗劳累的双脚，被一名路过的渔民吓了一跳，可他似乎毫不惊讶，礼貌地跟我打过招呼，便继续他的工作。中国人跟美国人一样有爱打听的坏习惯。倘若是一名美国农村人在他家里田地的小溪边偶遇一名中国女子——有着柔顺光滑的秀发和小小缠脚的陌生人——他能否表现出同样的自制力呢？

当天下午 5 点钟，我们到达横跨长江的渡口，但天色已晚，无法当晚渡江。一天行程下来，我又热又累，而龙街村只剩下一间狭窄拥挤、连窗户都没有的客栈提供住宿，房间面对着一个肮脏的庭院，而客栈最好的房间正住着一个病人。透过一扇开着的门，我瞥见一个挤满猪的马厩，旁边是一座面积不大、神龛般的建筑，大门敞开着，门前有一段短短的台阶。我的随从震惊于我的决定，不断劝诫我，可我坚持要住那儿。院子虽然肮脏，但干爽通风。新鲜的稻草铺在神龛里，而我的床铺就在干草上。猪都被移到矮马本应占用的马厩去了，比起它们，我宁愿有矮马陪伴。毗邻的建筑物屋顶挤满了旁观者，大多是儿童，他们待到天色漆黑，直到什么都看不见才离去。尽管如此，这一晚却出乎意料的愉快。

第二天，我们乘坐一艘大平底船渡过长江。随从、行李、矮马、轿子，全都乱七八糟地挤在一起。水流湍急，我们往下游漂了一段时间方可靠岸。这一河段，事实上，从西藏到叙府❶一段的长江一般被称为金沙江，或"金色的沙河"。中国人不认为河流须有持续一致之身份，绝大多数河流在不同河段就有不同名称。但在此情况下，将长江上、下两段看作不同河流自有其缘由，因在叙府，岷江❷汇入长江，使这条河段在全年大部分时间都是长江较大水体，因此，当地人普遍认为这才是浩瀚长江的真正源头。况且，交汇处上游的长江由于河流过急、河中石多而不易航行，但岷江作为中国大水道之一，能将闻名遐迩的成都平原的物产运往东部市场。

离开渡轮后，我们沿着一条干涸的河床行走了数英里，河流名字我叫不上来。沿途景观极为荒凉贫瘠，一路只有岩石与细沙，要不是碰上多云，烈日烧灼必然相当难受。可我们已到达云山，这儿晴天极少，据说四川的犬只看见太阳便要吠叫。在一家坐落

---

❶ 叙府，今四川省宜宾市别称，亦称僰道、戎州、叙州城。——译者注
❷ 岷江，长江上游的重要支流。——译者注

于涓涓小溪旁、四下无人的客栈短暂休息后，我们继续往上攀爬，路径如此曲折陡峭，连翻译都被迫下地行走。我辛苦攀登，回头一看，发现小狗舒服地坐在轿子上。原来它又累又热，嚷着要上去。苦力们把这当成一个无伤大雅的笑话，但当我吹着口哨唤杰克下轿时，他们又立刻把它抱上去，还解释说这路对短腿小狗可真够呛。在路径最险恶之处，我们遇上几个安坐在马背上的衣冠楚楚的旅人，他们看着我徒步行走，眼神闪现优越感。只要有轿子或马匹，中国人就绝不步行，否则要轿子和马匹又有何用？他们想必是缺乏想象力，不然又怎能骑着马走下中国西部可畏的天梯山路，由得马匹在他们的重压下步步跟跄呢？我怀疑他们是否意识到这让马匹痛苦，亦使骑手危险。我可是意识到了，所以经常走动。攀登 3000 英尺后，我们来到一片精耕细作的开阔高原，而后越过这片平地到达夜间休憩地点——海拔近 7000 英尺的姜驿。

次日早晨我们于雨中启程，雨几乎下了一整天。途经的乡村几无耕地，亦人迹罕至，但却花团锦簇，绿树如茵，也算有所补偿。我从未见过如此繁茂的开花灌木，其中一些能认得，可大多数都相当陌生。我之后方得知波士顿附近阿诺德植物园❶的非常成果，他们在中国寻觅美丽的树木与植物品种，将其带回美国，这消息让我欣喜欢悦。在一个小河谷的山头，我们经过一座掩映在夹竹桃花田间的迷人寺庙，四周是阳光照耀下的绿色稻田，再往前几步，又遇上了一座被玫瑰花篱环绕的农舍，花儿怒放，高达 12 英

---

❶ 阿诺德植物园（Arnold Arboretum）位于美国马萨诸塞州波士顿哈佛大学内，成立于 1872 年，旨在为人们提供关于木本植物生物学和进化的相关知识。——译者注

尺。屋舍中了无人迹，可能是睡美人的藏身之所，但倘入内探查，美好的想象恐怕就此幻灭。

当天晚上我们停在河口❶，我对这小地方看得不多，瓢泼大雨使得我们停留一天，可也只能做客栈的囚徒。我的小房间在马厩上方，整个上午，我一边写作，一边舒舒服服、嘎吱作响地嚼着玉米和大豆。余下的时间，我以化妆盒里的用品娱乐客栈里的女人，以作消遣。当阁楼变冷，我便加入大厅火盆周围的人群，围坐炭火取暖。人人都很友好，男男女女俱坚持催促我从他们的长烟管里吸口烟。烟或以长杆小烟斗抽食，或以水烟管吸食，原理都类似印度水烟袋。在四川这部分区域，很少看见有人抽香烟，但在英美烟草公司的不懈努力下，香烟已迅速为人所知。每当一天辛苦过后，我分发几支香烟，随从们总是欢欣雀跃。

从河口到我们此行第一个大镇——会理州❷需两天路程。路上景色多变，有时路径直上山脊，眼下尽是河谷美景，有时左右方各有景观，东边是神秘禁入的彝族境地，西边有雅砻江❸以远无人所至的乡野郊外，有时候路径又直下溪岸，带领我们穿过掩埋于棕榈、竹林、松柏与仙人掌间的迷人村落，而环绕的小山上，漫山遍野都盛开着红白杜鹃。有一次，我们进入一座村庄，耳闻极其响亮的蜜蜂嗡鸣。经查问，原来那是设在小庙里的一所学校。趁着苦力歇息，我派人将名帖送予校长，立即便被邀请参观考察。这

---

❶ 河口，即现今河口镇，隶属四川省江油市。——译者注
❷ 会理州，今四川凉山彝族自治州会理市。清世宗雍正七年（1729 年）置会理州，属四川宁远府。——译者注
❸ 雅砻江，金沙江的最大支流，又名若水、打冲河、小金沙江，藏语称"尼雅曲"，意为多鱼之水，乃中国水能资源最富集的河流之一。——译者注

是一所有 30 名男童和 1 名女童——校长的女儿——的私塾。孩子年龄各异，六岁以上都可入学。我得知他们通常在学校里待一到五年，学习内容仅限于读写。其中两名男童被唤出展现其所学。我对汉语一无所知，但觉得他们表现出色，能顺畅流利地诵读书页上那些复杂难懂的文字。

在另一处，我与村长会面谈话。他告诉我，他由村里约 40 户人选出，已经当选一年。他承认自己不识字，无法阅读写作，可他面容睿智，且举止颇为得体自尊。凭借不成文的规定及他本人的聪明才智，平日解决各种细小争端以及妨害治安的事件，同时还负责征收村里的土地税。

此处的四川人民似乎十分富裕兴旺，唯独甲状腺炎猖獗，令人非常不悦。当地人对此有各种解释——使用白盐，或饮用冰雪融化的水，都是其中缘由。

我们于四月二十日抵达会理州。前往这四川南部最大地区，组成它的一系列城镇的路上，风景烂漫迷人，我们经过许多高高的树篱，上面花团锦簇，都是些粉白花朵。郊区的家家户户都在织布或染色，有时候整条街道都是染工，上身赤裸的男人站在巨大的桶上工作，桶里是中国随处可见的蓝色染料。跨过一条小河那半干的河床后，我们来到会理高大的城墙之下。从南大门进去，一行人迅速穿过小镇抵达北门附近的住宿地点。一个"洋婆子"来临的消息一旦散播，人群愈加密集，从餐馆和街道蜂拥而至。鉴于在我之前仅有两三名欧洲女子来过，他们的兴趣不足为奇，但这是我首次来到中国的大城镇，拥挤瞪眼的人群很是让人不悦；然而，一个孩童跑在轿子旁，欢快的脚步与轿夫一致，他对我微笑，我也报之以笑脸。到达晚上住宿的客栈，大门在身后关闭，我发现小顽童也进到里面，要做个自聘的小杂工。事实证明，他比寻常小差役（无论东方还是西方的）都要机敏，还特别能干。除却在外面跑腿，其余时间他总待在我身边，像小狗一样满怀兴趣地注视着我，我给他丁点儿奖励，他磕头都快要磕到地上了。次日他一早过来，我们离开客栈许久还跟在轿子边，直到我让他回去方离开。要是能让他跟着我那该多好呀。

会理州人口约 40000，居于一个重要矿业区中部，邻近山区有大量锌和铜矿石，可惜路况糟糕，政府又加以限制，便阻止了工业发展。尽管它是贸易中心，客栈却是出了名的差，我们很幸运地在一个由几个当地基督徒管理的小教堂里寻得几个房间。夜间，其中几人前来拜访，他们看上去机智又灵敏。过去会理州有着对布道传教怀有敌意的声音，可如今情况大有改善，令人宽慰。

第四章

建昌道

第二天，我们离开会理州，进入安宁河谷❶。安宁河呈灰色，河水湍急，同阿萨姆邦❷与四川东部之间一系列引人入胜的河流——伊洛瓦底江❸、萨尔温江❹、湄公河、长江及雅砻江——一般，河道与子午线平行。安宁河为以上河流中最小，穿梭于蜿蜒起伏的山脉之间，其河谷乃四川与中南半岛之间最短的贸易航线。从北到南，安宁河约八成流经一个被称为"建昌"的地区，此地区在中国以农作物富饶多产与种类繁多而闻名。安宁河谷下游狭窄，平地有限，但两边缓坡上都是精心种植的小片梯田。然而北部临近宁远府之处，河谷便扩大为广阔开放的平原。显然，热带与温带结合于此物华天宝之地，我从未见过这般混杂多样的植被。水稻、棉花，与小麦、玉米、豆类交替出现，藏红花和槐蓝属植物无

---

❶ 安宁河谷，位于四川省凉山州，是四川省内仅次于成都平原的第二大平原。——译者注

❷ 阿萨姆邦，位于印度东部。——译者注

❸ 伊洛瓦底江，流经缅甸南北，是亚洲中南半岛大河之一，也是缅甸境内的第一大河。——译者注

❹ 萨尔温江，中国称怒江。发源于西藏自治区安多县境内、青藏高原中部唐古拉山脉，经中国云南流入缅甸，注入马达班海湾。——译者注

处不在。水果亦品种丰富，充裕多产。不久之前，罂粟花漫山遍野，随处可见，如今朝廷诏令严格执行，将中国人拯救于其欲望当中，罂粟已然消失，不复再现。尽管建昌农民对此怨声载道，但此处农民比中国西部的富裕不少，倘能合理开发资源，几乎无穷无尽，便也能够弥补禁种罂粟的损失。每座村庄、每户农舍都种植桑树，丝绸外销对地区价值颇大。

不过，最近几年，本地区最为有趣的作物之一已然失去其重要性。在中国，尤其是四川地区，生长着大叶水蜡树，其树枝及嫩枝的树皮上依附着大小形状如豌豆的棕色鳞状物。春天时鳞状物打开，里面有成群的微型虫子。四月底我途经时，鳞状物正被小心收集、加以包裹后便开始北上旅程。搬运工每人承重约60磅货物，在山谷中匆匆赶路，常常只在夜间行进，以避免宝贵的货物由于阳光炽热而发育太快。他们的目的地是嘉定，嘉定位于岷江之畔，地处一个大平原东部边缘，乃"白蜡树"之乡，乡郊遍是白蜡，修剪得像是截去枝梢的柳树。搬运工到达后，鳞状物被分装，每20或30片装入小包，包裹于叶子中，然后缚在白蜡树枝上。不久之后，虫子出现在鳞状物上，分泌出一种蜡物质——约为1/4英寸厚的白色沉积物——覆盖大小树枝。此物质经仔细收集并煮沸净化后，便成为供各种用途的小"饼糕"。它是浆纱和抛光的重要成分，也可用作丝绸的光泽剂。因其需到达华氏160度❶方会熔化，价值在于赋予蜡烛脂以更高浓稠度。可是，标准煤油公

---

❶ 约71.1摄氏度。——译者注

司的活动❶严重打击了白蜡产业。煤油现已普遍使用于照明，原本每年约有 10000 名苦力奔跑于河谷当中搬运鳞状物到嘉定，如今我们只看见几百人。

一代人以前，建昌道也许是全中国最不为世人所知的部分。在 13 世纪中叶，忽必烈作为他的兄弟❷成吉思汗的大将军，穿过建昌征服大理，彼时，大理还是中国西南部一个独立王国。之后还有那不知疲倦的威尼斯人 ❸ 与其队伍来到此处，记载下建都❹——这是他给河谷及都城取的名字——的好些特点。往后六个世纪都没有西方旅者到达此地。19 世纪 70 年代末，英国公使馆汉语秘书长科尔贝恩·贝德禄从北到南穿越河谷，成为马可·波罗以来进入宁远府的第一名欧洲人（除却几个月前到达的一名法国牧师，那可怜的家伙才刚到便被人投石驱逐了）。根据贝德禄的说法，其时"马可先生书中寥寥数语，讲述他翻过高山后，到达了土地丰腴肥沃的地区，村落城镇众多，居民甚不道德"，这是关于此区域的唯一现存描述。

尽管建昌道颇为重要，但直到几年前还是相当不安全。几乎全程都经过彝族人不可攻破的要塞，过往的商队只有配备警卫方敢犯险，即便如此，也常被山上强盗连人带货掳走进山，从此沦为终

---

❶ 此处指标准石油公司自 19 世纪 90 年代起，为了向中国推销其煤油，为广大普通民众提供廉价煤油灯的活动。——译者注

❷ 忽必烈应为成吉思汗的孙子。此处为作者笔误。——译者注

❸ 此处指马可·波罗（Marco Polo，1254—1324），威尼斯旅行家、商人，著有著名的《马可·波罗行记》。——译者注

❹ 关于建都的记载，主要见于《元史》。另外，马可·波罗在其行记中的一章也专门谈到了建都。——译者注

身奴隶。大凉山属于"独立倮倮❶"的领地，是一片从北到南延伸约300英里的山区，横亘在东西部之间，成为几乎难以逾越的障碍，中国人除非全副武装，否则从不主动越岭，而至今只有一支欧洲旅队安全归来讲述个中故事。在这片土地外围，曾有小规模的传教工作取得些许成功，可时至今日尚未给彝族人留下真正印象。中央政府对此地控制有限，仅限于针对偶尔发生的不同寻常的暴行，而不得不予以惩罚，而这也成效甚微。比如几年前英国探险家布鲁克中尉被谋杀的事件❷便属其一。当然，政府不愿意为冒着生命危险鲁莽前往的外国人承担任何责任。布鲁克中尉未得同意便前来此处，而我在宁远府停留期间得知两名法国旅客试图获得许可穿过大凉山到达叙府，却徒劳无功。

当然，汉族在彝族领土并无势力范围，政府官员没有管辖权，而彝族人内部或多或少存在分歧，只服从各自部落首领统治。这有趣的民族鲜为人知，少数为人所知的事情皆出自所谓"被驯服的彝族人"口中，他们接受政府统治，散落在四川和云南西部的小村庄，估计以安宁河与雅砻河流域人数最多，那里的人口中有相当比例是彝族血统或是彝汉混血儿。他们并不接受汉族习俗，他们拥有自己的语言与宗教，方言类似于藏语，而宗教属于万物有灵论的一种形式。比起汉族人，彝族人肤色较深，体型更高大匀称。他们轮廓漂亮，表情坦率直接，非常迷人。其服饰也与汉族的样式不同。彝族男子不扎长辫子，而是将头发绑在额头上方，如同号

---

❶ "独立倮倮"为历史上对凉山彝族社会的特定称谓。——译者注

❷ 指 1908 年冬天，英国探险家布鲁克中尉于大凉山上被杀害的事件，此事后来引发一系列事件，其中包括修建昭觉城。——译者注

角一般。尽管周围尽是些穿裤子的汉族女性，彝族妇女仍坚持穿衬裙，她们也不裹小脚，而是勇敢地以自然赋予的大脚迈步前进。

彝族人的真正血统是尚待解决的东方人种学难题之一，不过，他们可能与掸族人和缅甸人同源。他们的适当称呼也存有疑问，汉族人称他们为倮倮族，这意味着"野蛮人"或"野人"，彝族人认为这词带有侮辱意味，应避免使用。然而，他们之间并未就共同名称达成共识，通常使用各自地方部落的称谓。

数年前，旅客们还被警告道路危险，需特别留神，可自彼时起，中国政府便采取有力措施，严加规管。沿路相隔不远便有卫兵室，关隘戒备森严，大批训练有素的士兵长期驻扎在山谷中。如今，在此区域旅行完全是安全的。但是，过去的危险迹象仍随处可见，沿途的预防措施显而易见。也许我对可能发生的危险特别敏感，正如我的翻译所言，虽然官员们小心翼翼确保每一人的人身安全，可他们特别留神保证我平平安安。这当然并非出于对外国人的关心，而是倘若洋人发生任何不幸，其政府就有办法令事态变得极不愉快。

从会理州往北，我由真正的军人护送前行，他们属于新军，身穿卡其色军装，打着绑腿，看起来飒爽精神。他们的配枪型号崭新，但起始时他们行为轻率，用枪击打驮着行李的矮马，甚至是挡在我轿子前的苦力。得知他们每逢护送欧洲人，便很乐意利用洋人令人畏惧的特权来欺负同胞，我立马加以严厉阻止。次日早晨动身前，我召集士兵，在翻译的帮助下对他们长篇大论，使其明白我很高兴他们知晓如何正确使用枪支，如有需要，希望他们能够证明中国人能干果敢，但日常面对人，面对动物时，不应急于用枪，倘若他们在我面前胡作非为，可就得不到"酒钱"了。士兵们非常温顺地接受了命令，而旁观者则同意地咧嘴大笑。

离开会理州，旅队走过两段行程，进入安宁河谷，山高而陡峭多石，沿路大部分路段缺少植被，可当我们到达河流后，田地便几乎连绵不断，村寨也接连出现。山谷的这片区域有水源灌溉农田，而当地居民利用供水的技巧和独创性简直惊为天人。有一次，我们爬上了一条全是小块田地、长而宽阔的平缓斜坡，沿坡流淌着两条湍急的大溪流，土地浇灌得极好。可是，溪流从何而来？山坡到达陡峭巍峨的悬崖便戛然而止，俯瞰峡谷及流经其中的金川河——安宁河的支流。直到坡顶拐弯处，谜底方揭晓。我们看到山顶上有一条人工沟渠将河水从上面的河道引到下面的干渴田地，想来必然耗费极大劳力建造。

当天稍晚时分，我们穿过一片光秃秃的岩坡，在石头废墟间穿行而过，右方有一座像是塔楼的建筑，左边是一个外有围墙的山寨。我徘徊在后方，采摘一束蓝色小花，纪念这一天的行程。当我走近，我看到有二三十个身穿白色或黑色长斗篷的人在废墟流连，我的轿子苦力头儿自命为我的保护者，走过来接我，催着我走，不让我停下。翻译保持谨慎的距离等着我，待与他会合后，我才得知那些是彝族人，"半驯服的野人"。此路径接近"独立倮倮"的领地，相当危险，商人和其他人便雇佣那群彝族人看守此地。尽管大家抗议，我还是在苦力头儿和一名士兵的陪伴下折了回去，拍了些照片。其中几个彝族人转身就跑，但大多数并无异议，光线暗淡，我尽力给他们拍照，而他们愉快地按照指示聚集。这些彝族人举止独立自主，外表大胆自由，让我深感兴趣，倘若能与他们交谈，必然令我非常高兴。可是翻译极不情愿靠近，而且他们的汉语是否好到能被理解，也尚且存疑。

四月二十五日是我们到达宁远府前的最后一天，我为此很是开心，天气愈加炎热，苦力因长途旅行而劳累不堪。有几个人从村里雇了些替工，给替工付的钱不到我给他们的一半。为了避开酷热的天气，我们通常拂晓便动身，在无人留意下穿过酣睡中的城镇，街道空空荡荡，比起前一天晚上到来时全镇人紧随身后的情形，自有令人愉悦之处。那堵令人窒息的围墙外，又是一天跋涉，穿越新世界的惊喜欢愉正在前方等待。

好长一段时间，一行人沿着狭窄逶迤的山谷而上，随后视野逐渐开阔，直到我们又转头穿过宁远平原南端的低矮山丘。每一英寸土地都种植着庄稼，长出来的作物却不多。然而，桑葚作为这片地区丰富果实的先驱，正快速成熟起来。吃午饭前不久，我们越过一条溪流，上面的石桥其实还在修复当中。在中国，如同亚洲其他地方一样，建设新的房屋或道路大有价值，可修复老旧建筑却是浪费时间。我想知道这儿是否要迎接某位大官。不止一次，我意识到跟随大人物的脚步前行会大有优势。

那天结束时，我们翻过一座山丘支脉，猛然便下到宁远平原。城镇半隐在树丛中，而此去东南面有着马可·波罗曾记述的波光粼粼的湖水。我们在茶馆稍息片刻，我看见两位欧洲骑手飞奔而来，这是我近三周来第一次看到欧洲人。原来是美国浸信会的韦尔伍德先生和汉弗莱斯博士，他们特意前来欢迎。一小时后，我们穿过城门外的阅兵场，拐进一幢带着明显欧洲特征的建筑，站在了传教团大院里。又能有西方人陪伴，实在令人愉快。我们在宁远停留了三天，为小旅队准备下一阶段所需物品，其间除却酷热难耐，

"温驯又狂野"的彝族人

过得分外欢愉。

宁远府是四川境内这片区域最大的城镇，人口约 50000 人。它由稳固的城墙包围，墙又高又宽，绵延近 3 英里。内部建筑鲜有特色，这可能是由于约 50 年前整座城镇几乎被地震夷平。根据记录，同样的事情在明朝早期也曾发生，据说当时宁远府位于如今湖泊所在的空洞内。其时先是遭遇地震，而后又被地底汹涌而至的大水漫溢。后来在如今的位置上建了一座新城。如果当地人所言非虚，水面平缓时，仍能看到淹没的城市废墟静躺湖底，而暴风雨过后，刻有奇怪花纹的床椅便漂浮于湖面。

即便在此偏僻角落，也能得见新运动对中国的影响，而西方思想亦逐渐渗透。城里的学校已得到改善，我也可以作证，驻扎在宁远的军队意欲按照欧洲模式建军。清晨的睡眠被乐队抖擞响亮的号角练习惊醒，且无论何处，都能遇到士兵精力充沛地行进。下午，大型阅兵场用以给矮马做测试及练跑。有一天，我们到那里练马，我很高兴看到传教士对训练马匹所表现的兴趣以及明智的训练方式深得矮马主人赞赏，而那可是普通传教渠道无法轻易接触到的人群。

我与云南苦力行的合同到达宁远府便告结束，必须要在此处做些新安排。原本的随从曾表示希望与我同去，可最后只有一个人继续跟从，其他人知晓我意欲拐远路到打箭炉，便不愿意同行。此外，倘继续前行，他们就得在宁远的苦力行登记，他们对此并不十分热心，苦力行也不大热情。于是我让他们离开，给了分量大得过分的"酒钱"。从云南府上路后不久，我就意识到他们要求休息的次数比我乐意的更为频繁，而我知道春雨季节即将到来，很想走得快些。当时我还不通晓路上的习俗，要是苦力要求停歇，我便不需要付钱，而为了游客方便而停歇，通常需要支付每天5美分的小额报酬。我觉得要想他们听话，唯一的法子便是多给奖励。因此，假如他们能在指定日期内把我带到宁远府，我就给他们一份慷慨的红包。他们的确在预定日期内完成了任务，而我后来得知，所需时间就跟往常一样而已。别人建议我无须支付所承诺的款项，因倘若我任由他们借我的愚昧获利，日后可能会招致麻烦，可我认为我的无知乃自身过错。他们没有索要报酬，是我主动提供奖赏，我确信破坏承诺的罪恶比任何不好的先例更为有害。于是，随从得到了小费，而我收获了信守承诺的声誉。我之后再没有给过如此奖励，所得服务却是极好。

看到云南苦力们离开，我很是难过。他们都强壮坚毅，勤奋过人，很快就适应了我的种种习惯。特别是其中一名轿夫，大家伙儿叫他"刘"，尽管到了宁远我才发现他之前的过失，还是极想他能留下。几周前，他陪同韦尔伍德先生从云南出发到达宁远，表现相当出色，可惜在接受酬金后便酩酊大醉，被驱逐出客栈后又醉醺醺地出现在布道现场。由于不能进场，他就拆了教堂栅栏，大搞破坏。经多次警告后，他被移交警察，警察把他关了一夜，好生鞭打一顿。也许他已吸取教训，从没给我带来麻烦。这是据我所知苦力由于喝酒而造成烦心事的唯一案例。在东方人迹罕至之地旅行时，倘能与不沾酒水的人相处，情况便大为简单。几年前，我与两位友人在缅因州北部划独木舟，几乎找遍老老少少所有导游，才能确保找到一个头脑清醒的领队——这是一群女士安全旅游的唯一方式。但在东方，这个问题几乎无须考虑，以我个人来说，在这方面从没遇上任何困难。

我在宁远带上的随从与云南人相比，总体来说更为年轻，个子更小，但同样能干。新夫头是成都人，跟其他人不大一样，身材颀长，匀称，长得非常好看。作为夫头，他似乎太过年轻，但很快就展现出自身的能力，使随从保持良好的工作状态，以应付任何困难。

令我惊讶的是，我能在这儿的街上买到灯笼所用的灯油。从前每逢黑夜降临，人们除了赌博和抽烟便无事可做。如今，勤勉的中国人可以按照自己的意愿辛勤劳作，干到多晚都可以。

要告别善良的主人家，我深感遗憾，但是离开宁远平原的蒸腾热气却是件大好事。传教会的建筑刚好在城市中心区域，热气更是让人压抑。炎热的季节里，传教士唯一的消遣是到周围山丘上的一座寺庙避暑。我很高兴地得知，现在院子不远处的一片土地已预留建造更多更宽敞的住宿楼房。西方人没有意识到在中国城镇想要呼吸新鲜空气或是锻炼身体，到底有多么困难。城墙内尘土飞扬，人群拥挤，要散步几无可能，而在城镇附近，所有未被占用的土地通常业已用作坟墓。在宁远，除却外出游玩半天，唯一一次真正的锻炼机会，也许只能算上某天下午在城墙上骑马的愉快经历。

四月二十九日早晨，我们终于动身启程，旅队人数已增加至17人，我给翻译配了三人轿子，将他的轿子给了厨师。厨师作为四川人，本应能走路跋涉才对，可他似乎体力不足。事实上，虽然他只有 41 岁，给我的印象却像是一位老者。我猜想，唯训练有素者方能判断异族人的年龄。

经过四处点缀着迷人果园的城郊后，我们走到一片开阔平原，目及之处不见树木。凡是可耕种的土地基本都已利用起来，但由于地势使然，这一部分土地无法以人工灌溉，田地在烈日下焦灼，等待着迟来的雨水。第一天晚上就下起了雨，在那之后，土壤和我都不能抱怨干燥。我们的第一站是一座坐落在山谷一端的舒适小镇——礼州❶，然而那里的客栈却相当糟糕。礼州才是云南和北面地区之间的商业中心，而非主道以外稍远的宁远。我们发现从礼州开始，途经所有村庄的人都以搬运为主业。

离开礼州首日路程较短，我们便在松林镇❷一家特别舒服的客

---

❶ 礼州，凉山彝族自治州的一座古镇，古代南方丝绸之路的一大驿站。——译者注

❷ 松林镇，现隶属四川省德阳市广汉市。——译者注

彝族姑娘

栈悠闲惬意地享受午餐。老板外出，但老板娘当家。她似乎非常能干，人也十分友好。她领我进入私人套间，房里相当干净通风，宽敞舒适。其中一个房间里放着鼓胀巨大、形如坟墓的水泥土堆。询问之下，得知土堆包着主人母亲的棺材与肉身。她已经去世一年，可在他归来之前尸体不得下葬。等待合适时机方可埋葬死者，算是中国习俗中最令人不快亦无益健康者，但为防可怕的后果，结实沉重的棺木通常被严密封死。在广东地区，所有旅者都会探访墓园，那是花园中的一片小规模建筑，每个墓室需缴纳一定的租金，通常有逝者排队等待，而他们想要的东西会有人精心准备。在中国，死去的人地位很高，不仅将宝贵的土地用作坟墓，山上的树木也被砍伐用以制作厚达 5 英寸的棺材板，除此以外，日常生活秩序亦常常让步于死去的人。

从加尔各答到香港的路上，中国驻新加坡领事馆的总领事加入我们的队伍。其时，他正与家人一同回广州参加他母亲的葬礼。谈话中，我了解到他是 19 世纪 70 年代留洋美国的那批著名的留学生之一，留学期间又突然被中国政府召回。此后，他曾任华盛顿中国公使馆秘书，在西方世界如鱼得水。他的衣着结合中西方的哀悼标志，白外套袖子上饰着黑纱，而黑色长辫上又绑着中式哀悼的白布。他希望在家待上数月，并告知我那段时间里，他不应当参与任何世俗之事。

我们离开了建昌密集的稻田，山谷越来越窄，两边是愈加高耸贫瘠的山区，可目及之处都是漂亮绚丽的野玫瑰。途经一座村庄，四周围满了几英尺高的玫瑰篱笆，鲜花绽放，美不胜收。离开宁远府后的第二天晚上，比起头一晚没好上多少，泸沽❶是个相当重要的小镇，客栈却极不舒适。可在入城之前，我在安静的河岸舒服愉快地休息了一小时，那晚的不适也就不大重要了。从泸沽往北走一个月，攀上安宁河谷，在大渡河错综复杂的峡谷间跋涉前进，方能到达冕宁县❷。太平天国起义最后的抗争正是在这些野道上打起来的。我满怀期望地眺望山谷，可道路将我引往右方，沿着路去到富林的轮渡。次日一早，我们就从主山谷出发走入一个褊狭的峡谷，除却东面有开阔景色，其余三面尽是悬崖峭壁。路径蜿蜒而上，山径乃凿岩而成，通常不超过5英尺宽，行至一处，还有沉重大门把守。大门向我们敞开，半个世纪前，太平天国将领石达开强行冲关未成功，只好转身面对追兵，最终被击溃于冕宁县的荒野之中。

一路上都能看到靠近彝族地区的迹象。途中有许多未被耕种的土地，人口稀少，官兵却很多，路上每隔一段距离便有卫兵室。村庄的人口并不总是纯粹的汉族人，偶尔也能碰见显然是其他民族的居民。我们在登相营❸停驻一晚，士兵和彝族人随处可见。在我们头顶大约2100英尺以上的山顶处有一关隘，不久以前，骑兵乃从关口而下，进入肥沃富庶的建昌。在旅馆安顿下来，我便出门散步，两名衙门指派的兵卒跟着我，负责保卫工作。在一条小巷里，我留意到有彝族妇女在门廊织布，士兵们与女子似乎关系不错，在他们的帮助下，我成功给其中两位留影。光看面部特征与

---

❶ 泸沽镇，位于安宁河与孙水河交汇处地带，距冕宁县县城37公里。——译者注
❷ 冕宁县，位于四川省西南部，凉山彝族自治州北部。——译者注
❸ 登相营，坐落在四川省凉山州喜德县冕山镇不远的小相岭南麓。——译者注

肤色，她们或许会被当作意大利人，而衣服的剪裁与欧式而非中式服装更为相像。她们头戴类似于塔姆·奥尚特所戴的黑帽❶——彝族人普遍戴着这种头饰，以长辫缠于头上，外套则以普通毛毡制成。她们的裙子朴实无华，材质是我们称之为西班牙荷叶边的布料。根据贝德禄的说法，彝族人的裙子意义重大。外人要进入"独立倮倮"的领地，必须得由一名部落成员保卫，而彝族女性跟男性一样可以充当保护者。在出发之前，彝族妇女穿上额外的衬裙，她所护送的旅客也由此变得神圣。如果受监护的人不受尊重，她便脱下外层衬裙，铺在地上，以申诉暴行，向上苍申冤。总体而言，我所遇见的彝族妇女，外表娇柔，富有魅力，尽管胆小却不畏缩。熟悉彝族的人对其交口称赞，可惜鲜有欧洲人与他们有接触。我遇见的彝族人看上去都非常穷困。传教士们宣称彝族人饱受当地官员掣肘，而坚持不懈、勤勉努力的汉族人自然占有了最好的土地。

第二天天气晴朗，旅队越过了小象岭❷，南边的小径景色十分优美。我们沿着一条水流清澈、布满石块的溪流走了好几里路，穿过一座深邃狭窄的峡谷。四周花团锦簇，灌木葱茏，美景甚是醉人；低坡上铺满白的、粉的杜鹃，我们还首次看见一丛洁白芬芳、如同长长羽毛般的小花枝。我们不时经过卫兵室，到处都有士兵，有些在站岗，有些在操练，还有一些在漫步闲逛。其中一

---

❶ 《塔姆·奥尚特》，苏格兰诗人罗伯特·彭斯（Robert Burns，1759—1796）创作于1790的叙事诗，塔姆·奥尚特是其中的主要人物，经常戴着一顶黑色宽檐帽，后人便将类似的帽子称为"塔姆·奥尚特帽"。——译者注
❷ 经地图查证应是"小相岭"，疑作者的翻译误译为"小象岭"（"Little Elephant Pass"）。——译者注

处，一群人围在一人身旁，他正弹奏着一种类似曼陀林的乐器，见我颇感兴趣，他看似非常高兴，立马又给我弹奏一曲。匆忙一瞥间，卫兵室似乎干净且坚固，远远优于普通中国民居。我们愈深入谷中，此地区逐渐呈现出狰狞可怖的一面，正适合施行暴力，流血杀人，这从路边插着的一名彝族强盗的首级便可观得端倪。

旅队爬上平缓的草坡逐步攀升至关隘。山顶海拔近 10000 英尺，我们途经一座戒备森严的哨所，我停留片刻，欣赏广阔的风景，西北面可望见西藏的群山，而东面是大凉山的幽暗山峰。北侧山路又长又陡，尽是绵延不断、陡峭曲折的石梯。我经过时，搬运工和载着行李的马儿几乎络绎不绝。每隔三里便有卫兵室，每到一处，都有两名作为特别护卫的士兵前来与我招呼，加入旅队，一名走在旅队前头，一名在后头，护送我们直至下一个卫兵室，再换上两名新士兵。一行人往下走着，山谷略略变宽，为宽厚石墙围拢中的几片来之不易的田地提供空间，那些石墙让人想起新英格兰的景观。我们不时路过一座孑然孤立的石筑农舍，四周是无甚防御功用的板条篱笆。但沿路村庄很少，基本上都是军事据点附近的小寨子。所有村落都砌上围墙，倘有大路经过，村落便一分为二，每一半都有泥土和石头砌成的高墙。此外，许多房屋都是堡垒式建筑，高三层，只有几条狭缝作为窗户。有一两次，我们经过市集，市集筑有坚固的围墙，两端各有加固的大门，供在这险要的路上赶了一路的旅队稍稍歇息。

越往北走，便越难看见南方的细石拱桥。这边的桥材质一般是木材，外形与新英格兰那些丑陋的桥梁不无相同，可由于两侧开放通风，又有美丽的铺瓦屋顶，方好看些许。通常，需登上一道楼梯方可到达木桥，由此确切证明——倘着实需要证据——有轮子的交通工具俱无法通行。事实上，我们离开山隘后，交通总的来说相当有限。我们偶尔超过一些苦力，他们有的背着珍贵的白蜡虫子匆匆赶路，有的肩背厚厚的松板或柏板，有时高耸过头顶，有时绑在肩上，迫使他们像螃蟹似的沿着狭窄的小径横着走。询问之下，我得知山上长着参天巨树，一排排的嫩芽标示其位置。人们费尽力气将巨树连根拔出，锯成木板，以满足对沉重结实的中国棺材的需求。表面上，供应取之不竭，谢立山爵士❶ 在二十多年之前到来时注意到相同的货物运输，得到的解释也一模一样。禁止种植罂粟后，该地区目前外销极少，而可销售物资似乎主要是供应建昌驻军的军用物品。然而，道路状态好得非同寻常，从登相营到越西❷——我们的下一站，距离大约 35 英里，一路都铺好了宽木板。愈接近越西，山谷逐渐开阔，我们得以一睹北面的雪峰，东南面往上，可从峡谷间眺望彝族领地，边界就在大约 15 英里开外。越西本身位于一个布满岩石的平原中心，其中偶有几片稻田和玉米地。此处沿途易受袭击，越西作为保护贸易线路的军事据点，作用尤为重大。客栈最好的房间气味令人作呕，可遍寻之下，我发现还有一个开放的阁楼，将里面的家禽赶走后，相当适合居住。

---

❶ 谢立山爵士（Sir Alexander Hosie，1853—1925），1876 年进入驻华领事界做翻译学生，1881 年为驻重庆领事。曾多次在华西旅行，搜集了许多商业和博物学资料，后在温州、烟台、台湾等地任代理领事和领事。谢立山爵士后任英国驻天津总领事，决心调查各省种植罂粟的情况。从 1910 年到 1911 年，他两次到中国主要罂粟产地，目睹了这些地区在清政府颁布禁令后种植罂粟的情况。其后，他撰写了厚厚两卷《鸦片问题探索——中国主要产烟省份旅行记》，讲述了两次调查的经历。——译者注

❷ 越西县，古称越嶲，隶属四川省凉山彝族自治州。——译者注

四川一座牌坊

建昌谷中一座寨子

第二天，我们一行人穿过一个人迹罕至，几无农田的狭隘山谷，之后景观有所变化，我们爬上陡急峻峭、绿草覆盖的山坡，中途穿插着风景如画的沟壑。我试图给在路上遇见的一个背负 9 英尺长巨大棺材板的苦力拍张照，答应给他一些现金和香烟，他方肯同意。可尽管我的随从尝试安慰，那可怜的家伙一看见我举起相机就害怕得畏缩颤抖，便只好作罢。

　　当晚，我们停留在保安营，如同这个地区的许多村落一样，这只不过是座营村，从其表示"兵团"的词尾"营"便可得知。客栈房间直面大街，既无安宁也无隐私，于是我在一名士兵和一个苦力的陪伴下外出散步。我于墓地发现一隐蔽之处，便在一个坟墓上睡着了，而随从也在附近睡觉小憩。但很快我便被杰克的吠声惊醒，发现有大约 50 人正默默注视着我，眼见还有更多人爬坡而上，我只好放弃这角落，改为在镇上漫步，逛逛食品店。

　　次日清晨，天还没破晓我们便动身。起初路很荒凉，可景观甚佳。山路虽陡峭，但路况出奇的好，建造精良的曲折山路引我们盘山而下。后来山谷渐宽，我们慢慢爬上风光秀丽的山坡，杜鹃花和鸢尾花交织盛放。山上云层甚美，但不一会儿便下起了雨，不停歇地下了一整天。

　　傍晚时分，海棠镇❶映入眼帘，那是一座栖息在山坡上的镇子。墙外一座寺庙看起来相当吸引人，要不是天下着瓢泼大雨，我定会登门拜访，可这下子我只好改为视察客栈。这家客栈不同寻常，特别有趣，有着普通的入口庭院，上有屋顶遮盖，后面是露

---

❶ 海棠镇，隶属四川省凉山彝族自治州甘洛县，北与坪坝乡（现已撤销）毗邻。——译者注

天内庭，周围是带长廊的建筑，从那儿走过一条长廊，便去到几间高级套间。我的房间经精心装饰，内有刻着雕纹的床和桌椅，而最佳之处在于它有一扇门面向城墙，我得以出外呼吸新鲜空气，而不被镇民察觉。

在这里，我有了第一次"压榨"体验。我指导翻译让夫头把"猪肉钱"分发给苦力时，了解到之前夫头所扣除的比例不对。显然，一定的压榨被认为合法合规，但他已超越了公认的界限。我不懂得该如何应对。诚然，我可以直接把钱分给苦力，可最为理想的做法还是维持夫头在他们面前的权威。最后，翻译以地道的中国风格制订了一个计划，既保留了夫头的"面子"，苦力又不至受骗。翻译走到苦力闲荡的院子里，大声呼唤夫头过来取工钱，直接说出我打算给每人分发一百文。这么一来，夫头便只好生着闷气按照要求将每个苦力应得的分量发下去。之后我与他面谈，告诉他我心目中的好夫头应当能让苦力们各司其职，做好工作，同时也不会欺负苦力或榨取他们的血汗钱，这样的好夫头最终定会得到丰厚报酬。我那"挥霍"的名声此时大有好处，自此之后我在这方面便再无任何困难。我可能会受一点"压榨"，可至少我的苦力都没受骗。然而，夫头试图报复告密者，想要辞退他。幸好我再次通过翻译得知消息，急忙加以制止。

在此区域旅行途中，我身上没带银币，只有大小各异的粗金块，需要时便换成现金。兑换率各地不同，有时我被劝告应该等到下一个城镇再换钱。当然，游客总是会吃亏。我相信在游历中国的漫长过程里，除却实打实花掉的以外，钱还会消失于兑换过程当中。

第二天，雨下了一整天，可仍然不减路上的魅力，我们大部分时间行走于深窄的峡谷底部，两边陡峭的山坡从底部到顶峰都铺满了热带绿植，其中点缀着粉白色杜鹃，而路边则是大片的蓝色鸢尾与黄红小花。我们刚过晌午便到达过夜住宿的坪坝乡，尽管下着雨，我还是出外散步。我命令士兵不要跟随，又加上雨水相助，便顺利摆脱士兵护送。之前散步时，他们跟得很紧，我走他们走，我停他们也停。当然，他们一直待我周到，扶我上下轿子，每天给我采摘鲜花，天气潮湿时总给我备好火盆放在房间里，可是，我已经厌倦了要么被视为犯罪嫌疑人，要么被当作皇室成员，且我们已然远离强盗抢掠的范围，我便要求独自自由漫步。我在一片杂草丛生的墓地找到安宁之所，四周景色迷人，小河顺流而下，而附近山坡上是一小片一小片扇贝形的田地，山上坡度太陡，每一片地都有坚固的石墙以防止玉米和荞麦下滑到河里。

次日早上 6 点，我们离开村子上路，途中听到学堂里的孩子们已开始学习。显然，新生的中国不浪费任何时间。旅队沿着一条小溪走了大概 20 里，路程艰险，不时有石头从陡峭的山坡上滚落。我们往上攀爬 1000 英尺，终于得见大渡河，之后又往下走了 2000 英尺，经过一个通往大树堡❶的狭窄山谷，午后不久便到达大渡河。大片的竹林和棕榈丛接连出现，好几种水果——樱桃、梨、枇杷——亦愈加丰裕，水果新鲜可人，可质量不高，通常还没成熟就已被收获。这地方看似静谧迷人，但半个世纪前太平天国起义的最后战役便发生于此，彼时，石达开的残余军队正是在此处惨

---

❶ 今汉源县大树镇，古为军事要地和"南方丝绸之路"灵关道上的驿站之一。——译者注

遭围困屠杀。

　　稍晚时，我在翻译陪同下出门散步逛街，遇上我在中国西部旅程中唯一一次（我所能发现的）不甚友好的事例。在一家商店里，我留意到一件别致的青铜龙摆饰。翻译有一个相当令人讨厌的习惯，便是喜欢乱摸货物。他拿起青龙开始细看，老板连忙走上前来夺回摆件。我们回程时再次经过商店，老板走到门前，用力挥舞着袖子示意让我们快滚。翻译说店主不喜欢外国人，可是也承认他不希望有人乱动货品。

第五章

走上官马大道

阳光明媚，我们走下大树堡唯一一条长街，两旁都是食品店。一行人行至码头坐船渡过大渡河，此处河流约有 600 英尺宽。 在龙街村时，除了我们便无人乘船渡江，在这里可不一样，我们如今身处旅游干道，身旁有一群苦力和矮马不耐烦地等待。 两艘巨大的平底船都装得满满当当，渡江途中矮马又嘶鸣又乱踢，直到安全抵达方肯停歇。 河道蜿蜒于悬崖当中，我舒适地坐在轿子上，欣赏着河上起伏的壮丽景色。 在渡轮船的起伏中，大渡河穿越鲜为人知的地区。 鲜有小径穿过陡峭的山脉，其间河水汹涌，只能乘木筏短途航行。 即便如此，旅程仍太过危险，木筏主人将自己绑在木筏上，如此一来，即使发生致命事故，仍有棺材承载肉身。

　　旅队在对岸一个砂砾滩登岸，走了约 1 英里路，到达繁荣的贸易中心富林，而小支流从其北方汇入大渡河。 我们途经建在狭窄土堤顶的城镇的外沿，土堤与山坡上的灌溉沟渠相接，我很想下轿走走，可除却涉水走路或者跌入 30 英尺下的山谷，便无其他机会下轿伸展。 不过，只要云南矮马愿意前行，便大可放心，而我的矮马毫不犹豫，继续赶路。 事实上，途中它仅有两次拒绝服从命令，一次是在一条建在悬崖表面、以木头插进坚硬岩洞所筑成的摇摇欲坠的"八桡"❶——亦即人行小道上；还有一次，它不肯从一片泥泞的稻田跳上一道摇来晃去、只有一尺宽的围墙的顶部，而墙的另一边又是一片沼泽。

富林挤满了熙来攘往的苦力，我几乎不能通行，不过，我已习惯瞪眼凝视的行人。除却在最大的城镇，我早已放弃了进镇时躲在轿子上逃避人群的做法。当然，高高坐在苦力们的肩膀上穿过人群，要更为愉快，也许还更为安全，但现在只要有机会，我便走路或是骑着矮马进村。即使在最小的村庄，我们的到来也带来喧嚣吵闹。每座村庄都有狗，狗群体格健壮却形容憔悴，以吠声一路致意，将消息传播开去。值得表扬的是，杰克对它们不大上心，抬起头翘起尾跳着走，只有当它们走得太近时才会露出一口白牙，将那些懦弱的野兽赶跑，引得挤在一起围观的村民惊喜大叫，这奇怪的小狗体格娇小，可真够勇敢，又表现友好。

富林镇并无诱人之处，随从正吃着早餐，我便抛下他们自行外出。四川的日常习惯与云南不一样，他们通常约9点才吃早饭。我们时常不到6点就上路，厨师总在出发之前给我备好茶，可是，苦力往往在8点甚至过后才停下享用丰盛的早餐。到了中午，我们做第二次长时间停留，这次是为了我和矮马，但在午后到达晚上留宿地点之前，苦力们除却每小时喝茶外便不进食。黎明启程令人愉快；而下午尚未过完时进入城镇，却不甚欢愉，于是我规定必须事先在城外约1英里处稍做休息，平静安宁地睡个午觉再进城，

---

❶ 八桡（parao），音译。——译者注

可惜，要找到安静的地方却不容易。一般来说，距离大路不远处会有些幽静的角落，大多数是些墓地，可是要去到那里而又不被人发现却是难事，倘若有人看见，又必然会尾随。唉，我为了逃离人群所跑过的路啊！我总得东躲西藏，像小偷一样在墙边踮着脚尖走，或是躲在小神社后面，不过结局总是相同——我才刚开始小憩便被杰克的吠叫唤醒，在不远处出现一大片身穿蓝衣的村民，随后还排成一排观看。

旅队沿着流沙河❶左岸走了几英里，河流由于混入了四川的红土而变得混浊浑黄。肥沃的土地里精心栽培着水稻，而海拔较高处则有玉米和甘蔗。田野间点缀着桑树和橙树，山脉的两侧则稀疏长着橡木与松树。

过了一段时间，我们爬上一条长而陡峭的石梯，到达富林以上15000英尺的另一座山谷，此处空气更为凉爽清新。在进入过夜的汉源街❷之前，我们经过一座精致漂亮的"牌楼"（亦即纪念牌坊），牌楼以石头修建，精心雕刻着重要故事中的神话人物。这些牌坊工艺非凡，种类繁多。它们遍布四川，以成都平原尤多，通常用以纪念官员的善行（然而，他最大的功德也许就是为自己立起这座牌楼）或者是颂扬妇人的美德，她的优秀品质通常是福寿绵延，儿孙满堂，或是忠贞不渝，守寡不嫁。听说广东省有一座牌楼专门纪念一位夫人长寿福泽，她共有六个儿子、四十个孙子、一百二十一个曾孙与两个玄孙，儿孙绕膝，人丁兴旺。

---

❶ 流沙河，大渡河的一大支流。——译者注
❷ 汉源街，隶属四川省雅安市，位于四川省西部偏南。——译者注

汉源街位于成都和雅州❶接壤边界的官马大道上。在这里，我们进入一个新辖区，必须送信到地区总部清溪县❷，要求派送一批新士兵。旅队中午到达汉源街，其中一个跟着我从大树堡过来的士兵立刻动身出发到 25 里路以外的清溪县，入夜前便带着要跟我走下一段路程的两名士兵回来。中国西部人果然全无弱者。

接下来的一天，我们循着茶马古道❸行进，喜欢大口喝茶的藏族人每年所消耗的 1200 万磅茶砖便是沿着这条大道送往打箭炉的边境市场。一天间无论什么时候，路上都能断断续续看见脚夫、矮马或骡子背负着珍贵的货物前行。在起点雅州到终点打箭炉之间，需经过两道高高的关隘，其海拔比起点高出 7000 英尺，而道路全程连绵起伏，不止不休。运茶工负荷极重。冯·李希霍芬男爵❹曾说："世界上也许再也没有这么一条道路，搬运工承重惊人，行走于崇山峻岭当中。"他们背的长方形袋子称为"包"，里面装满了茶叶，重量约为 18 磅，根据男爵记载，搬运工平均负荷 10 包到 11 包。但贝德禄宣称，他经常看到背负 18 包茶叶的苦力，有一次还看见有一名男子背着 22 包，即 400 磅重的货物。我从没看见如此夸张的例子，不过，我见过许多负着 225 磅到 250 磅的重

---

❶ 雅州，今四川省雅安市。——译者注

❷ 清溪县，现四川省雅安市汉源县清溪镇。——译者注

❸ 茶马古道是指存在于中国西南地区，以马帮为主要交通工具的民间国际商贸通道，源于古代西南边疆的茶马互市，兴于唐宋，盛于明清，"二战"中后期最为兴盛。茶马古道分川藏线、滇藏线两路，连接川滇藏，延伸入不丹、锡金、尼泊尔、印度境内，直到抵达西亚、西非红海海岸。——译者注

❹ 费迪南·冯·李希霍芬男爵（Ferdinand von Richthofen，1833—1905），旅行家、地理和地质学家、科学家，在 1860 年到 1862 年之间曾在亚洲多地游历。1868 年到 1872 年间，来华进行实地地质考察。——译者注

荷，汗如雨下的可怜人。日复一日，运茶工艰难爬行，一天很少能走超过六七英里。他们每 400 码❶ 休息一下，可只有在中午和晚上才会放下荷载，其余时候将一支铁脚拐杖撑在负载之下，以稍微缓解重荷。前行时，他们将铁脚拐杖拿在手里，不时用以撑着地面行走，一路走来，花岗岩路面在几百年的戳戳点点间留下了痕迹。货物严实绑在搬运工背部一个篮筐上，货物堆得远远高于头部，上面还绑着一顶宽檐帽子，免得他遭受日晒雨淋。即便以中国人的聪明才智，也还没找到将帽子固定在脚夫头部的方式。有些脚夫边走边扇着老太太才用的黑扇子，这与他们饱经风霜的面孔与强健结实的肌肉形成鲜明对比。脚夫看着疲惫不堪，他们的工作极消耗体力，尽管我相信比起轿夫还是要好些，可是，他们还是像其他人一样耐心开朗，乐于大笑，也愿意跟那乞求食物的可爱外国小狗分享冷餐玉米饼。

我想知道他们当中有多少人吸食鸦片，缺乏经验的人可不大容易看出来。苦力当中，有一名我给他取了个昵称"墨丘利"❷，因为他总是精力充沛，健步如飞，毫不费力地背着 80 磅左右的行李紧跟在我的轿子旁，而其余苦力俱落在后面。结果，我被告知他是全体苦力中吸鸦片吸得最厉害的。我旅队的 17 名随从中，包括夫头有 7 人吸鸦片。一般来说，他们规定自己每晚只能吸一管，而 5 年以前，旅客们抱怨烟枪们一到中午便要求长段休息时间以吸食鸦片。在抗鸦片药的帮助下，夫头正勇敢地尝试戒食，他说鸦

---

❶ 一码为 91.44 厘米。——译者注
❷ 罗马主神之一墨丘利，为众神传信并掌管商业与道路等。——译者注

"墨丘利"，我的旅队苦力

背行李的苦力

中国漫行记：从山野密林到戈壁荒漠

片烟太贵了，对于已婚男子来说尤其如此。在一些城镇，政府售卖的抗鸦片药在固定地方销售，知情人说，药片毒性跟鸦片相差无几。

我随从中的大部分，确切地说，有 11 人已婚，8 人已有孩子。我很感兴趣地注意到，翻译谨慎又间接地询问出这些信息。在中国，就跟在印度一样，这种事情不轻易在公共场合中提起。

而我的轿夫刚好都是些年轻人，愿意将收入浪费在任何喜欢的东西上，比如珠子、烟草、帽子或蛋糕，尤其是蛋糕。有一种模样特别、甜得发腻的蛋糕，上面撒着粉红色糖霜，那可是一道美味佳肴，每一个卖两鹰洋。我不得不相当决绝地拒绝一个试图用那些昂贵的糕点来赢得杰克欢心的轿夫。"但小狗喜欢这蛋糕呀！"他辩解道。

通常而言，中国人不像印度人，只要他们有钱，就很乐意花在食物上。如果没钱，他们可以节衣缩食，可一旦有机会，绝不会亏待自己。道路上相隔不远就有招徕苦力的茶室和餐馆，尽管简朴却不无吸引力。有时候茶馆开在街上的大型建筑物里，桌子上摆放着蔬菜、咖喱和蛋糕，而在后台则是用一大锅烧饭。有时候，茶馆不过就在大路旁，上面顶着帐篷或是茂密的树枝。一张轻便的长凳上放了一盆热气腾腾的水，让客人在上桌前洗手洗脸。看到中国人把日常就餐当成一种快乐愉悦的社交活动，而非像其他东方人一样，每人独自蹲在角落里狼吞虎咽，这使我意外又惊喜。

我很喜欢记录随从食用的食物种类及价钱，在等待出发时，我总会询问客栈老板或商贩各种相关问题。一大碗被称作"猫头"的米饭，价格是 20 文或一美分，通常是他们最喜欢的佳肴。捧着这碗饭，他们拿筷子挑选摆在桌上的各道菜——豆类、白菜、生菜、辣椒等，全部已经煮熟。有时候，他们会带四文一个的水煮马铃薯在身上，又或是一碗炖萝卜，价钱跟马铃薯一样。豆类是每一餐的重要组成部分，十文可以买得一盆新鲜豆子，五文可得豆干，煮过并滤成面糊用来做汤的豆子每盎司要七文，而一大方豆腐饼卖一个铜钱。一碟子米粉，看起来很像粉丝，用醋来调味，要花费五文。一碗碗粉状谷物与糖的混合物需求量巨大，大圆饼亦如此，倘负担得起，三十文就可以买两个大饼。胡椒粉（中国人非常喜欢胡椒）是一文一小包，而白糖是三文一小块儿。几乎每一个苦力都在行李中塞着一块粗玉米粉或玉米与水混合制成的扁平大饼，一路上嚼着吃。在打箭炉，我的饼干吃完了，便让厨师给我买了些这种大饼，将它们撕开烤熟后并不难吃。茶当然到处都是，一撮茶叶放在一个有盖的杯子里，注入开水，价格从五文到二十文不等，味道令人耳目一新。整体而言，食品看着诱人。事实上，无论是液体还是固体食物，几乎无一例外都煮熟煮透，估计是以免承受违反卫生法规的法律后果。中国人在正餐之间也会进食，一路上满是诱惑。在路边如盖的树下，一口水井边，会有一张小桌子，只有一个小女孩在摆摊，桌子上有甜甘蔗块或枇杷枝，或是一堆堆已细心点数的花生或瓜子，一文可以得五份。

我们离开轮渡的次日晚上，一行人在相当重要的边境村庄泥头村❶度过，那儿有漂亮的红墙寺庙和精美的牌楼。我们在一家非常舒适的客栈睡了个好觉，补充体力好继续攀登。黎明时分，云朵

---

❶ 泥头（Ni T'ou），音译。——译者注

低悬于山上，但至少我们无须在雨中动身。道路陡峭泥泞，我宁愿步行，很快就超过了仆从，在群山中独自度过了一个美妙惬意的早晨，直到中午才与他们重聚。偶尔，我穿过一座小寨子，村民和狗群前来迎接我与杰克。有一次，全村人都来到田野，向我展示上山坡的路。我在人迹罕至的峡谷中一座孤零零地半埋在灌木丛中的小庙里吃了一顿冷午餐，四周长满了美丽的鸢尾花。飞越岭❶最后一段路将我引向一处无人居住的溪谷，溪流沿山而下，冲刷着一座平躺在河床的废弃水车的轮子。我沿着石壁曲折前进，独自站在海拔9000英尺的山隘峰顶。在我面前是高耸层峦，山外有山，峰外有峰，可谓这片土地最为优美壮观之风光，可惜的是，一切都消失在厚厚的白云之后，10英尺以外都已看不真切。

想到躲藏在这不可穿透的厚实云墙后的美景，我可真是不甘心，但也无计可施，只好沿着一条山路往下走。天气寒冷，潮湿的雾气萦绕山间，下行的路跟方才往上爬的路径一般陡峭湿滑。正是在这个斜坡上，美国探险家罗克希尔❷于前往拉萨的朝圣路上遇上了一名信徒。从宁波附近的舟山群岛出发，该信徒已经在路上度过了七年，还要再过两年才能达成目标。这并不奇怪，因为他每走两步，就要全身匍匐在他一直带在身上的小型神坛面前敬神。在这原始的山区世界，他的行为与周遭和谐一致，但在业已欧化的加尔各答那拥挤的商业街上一名印度教徒若如此行事，则极不协

---

❶ 飞越岭，位于川西南雅安市汉源、荥经与甘孜州泸定三县交界的桌山与扇子山之间。——译者注

❷ 威廉·伍德维尔·罗克希尔（William Woodville Rockhill，1854—1914），前美国驻华大使、探险家、美国藏学研究的开创者，在19世纪80年代曾前往西藏的东北部探险游历。——译者注

调。一天，我从汇丰银行出来，差点儿踩在了他身上。

在到达晚上过夜的化林坪❶之前，我窥见右方的狭窄山谷中有一座如画般美丽的寺庙，坐落于树木繁茂的悬崖上。刚过午后，我在翻译的陪同下离开小径，沿着斜坡走在粉红的杜鹃花丛中，走过一座迷人的跨河木桥，又经过一片苍翠葱茏的森林，走到先前看见的寺庙跟前，庙里供奉着观音。顺带一说，中国人最尊崇的女神便是大慈大悲观世音菩萨。这地方似乎很是荒凉，我们便随意闲逛。显然，此处正在进行大规模修葺，屋顶和神像都在翻新。过了一会儿，一名老僧出现，领我们到寺庙后面的木建筑寺院。他告诉我们，邻里的富人们经常在夏天过来住上几周，以逃避山中的潮热。务实的中国人毫不犹豫地利用起圣地，寺庙被轮番用作学校、政治聚会场地及避暑胜地。

此处如此吸引人，我差点儿想停驻不走。当我走出门外时，面前是高耸入云的大山，景色更为美妙醉人。我们在观音庙参观时，碰巧云消雾散，此时巨大的山峰呈现眼前，如同哨兵一般伫立在辽阔的青藏高原东端。西面是一排雪山，直至印度平原方有低地。我们目瞪口呆地站了好几分钟，云又合拢起来。我们带着壮观辉煌的记忆，又往下走向那阴暗湿润的世界。

一代人以前，化林坪还是重要的边防哨所，可如今，化林坪那宽敞空旷、兵营林立的街道变得冷清凋零，杂草丛生。次日清晨，我们顶着层层乌云出发，大雨瓢泼，而马夫之前两天一直在吃药，终于体力不支，不得不留在原地，一名苦力留下相陪，于是夫头

---

❶ 化林坪，今泸定兴隆镇，曾为茶马古道重镇。——译者注

一排四川农舍

恼火于不得不承担后者的负载。一早，我们便从关隘往下行进了
5000 英尺，再次来到大渡河。这一段路程的剩余部分以及下一段
路程，旅队一直沿着这条美丽河流间的山谷行进。每当峡谷出现
开阔地，总能窥见中国人开辟的如花园般的田地，水果树与坚果树
品种丰富，如桑树、桃树、杏树、核桃树，田地里还长着茁壮的玉
米、豆类、甘蔗。但在地形狭隘、土地肥沃的河岸两旁则耸立着
荒山，险峻的花岗岩的四面到处凿着深邃的峡谷，急转弯与陡峭的
下坡路蜿蜒其中。灰色的山脉人迹罕至，几乎不容任何人类、野
兽、树木或房屋立足，与之映衬的是灰蒙蒙的湍急河流，在这一河
段，甚至木筏也无法航行。背靠崇山峻岭，面临湍险河流，此处
实非宜居之地。然而，分散各处的中式村寨却生机勃勃，随处可
见的小茶馆家家都生意兴隆。

当众人在冷碛镇❶停下来吃早饭时，我从嘈杂的餐厅逃到马路对面的一座小庙里。小庙的外院放满了棺材，里面是否有逝者，我无从知晓。一名好心的老僧及时发现了我，领我走进一间内室，让我舒舒服服地喝上一杯茶。耳边的嗡嗡声响告知我附近的学堂正在上课，应一位英俊的年轻老师邀请，我前往拜访。大约有20名男孩正努力学习着古文和数学，不受周围形态各异的神灵干扰。他们似乎精神满满，对于我不能留下观赏他们的体操技术大感失望。但凡规模较大的村庄都有学堂，其中不少学堂都有女孩上学。

快到泸定桥❷时下起了雨，这意味着我们要在一家嘈杂混乱、气味难闻的旅馆度过漫长的一夜。无奈之下，我躲到镇外一棵大树下，灌木丛将路上行人的目光隔绝。我的随从早就认定我行为不羁，便由得我独自享受平静，只留下一名士兵在附近寺庙守卫，可那毫无必要，这儿大多数人是藏族人，他们并不像汉族人那样好奇，至于那是否因为他们更不警醒，则不得而知。好在我没在客栈待上多久，那可是我遇到过的最糟糕的住处了，第二天早上我就将此煞费苦心地告知房东，但其时也没有别的选择。泸定桥，亦即"铁桥乡"，其名称及重要性源于其位置。要过大渡河就必须走泸定桥，这儿便因此人满为患，挤满了来自东西各方的旅客、官员、商人、士兵、苦力。事实上，这是能渡过组成大渡河的数条大河的唯一桥梁。泸定桥是一条悬索桥，长311英尺，建于1701年，彼时属于精力充沛的康熙大帝统治期间。组成大桥的九条炭

---

❶ 冷碛镇，隶属四川省甘孜藏族自治州泸定县。——译者注
❷ 此处的泸定桥应指泸定县，位于四川省甘孜藏族自治州东南部，地处青藏高原向四川盆地的过渡地带，是进藏出川的必经之地。——译者注

炼铁缆，按照中国桥梁修建的习惯固定在大桥两端，铁索上面放置松散的木板用于人行，防护装置仅有两边摇摇晃晃的铁索。每当狂风大作——大部分下午都如此——整座桥都摇摆不定。我眼看背负沉重行李的苦力与矮马镇定自若地走过桥梁，不禁目瞪口呆。尽管如此，泸定桥也是渡江的唯一通道，因为一年中的大多数时候，要乘船渡过大渡河几无可能。

过桥后，我们沿着悬崖边上一条狭窄小道行进，这种小径通常从悬崖表面的花岗岩中挖凿而成。沿途不见村庄，我们经过一两个坐落于冲积扇❶中的小寨子。在西藏，冲积扇终止于河流以上两三百英尺的陡峭悬崖，而在这里扇形微微倾斜直到河流边缘。

我们偶尔能看见大渡河左岸有一座村庄，毫无疑问那是藏族人的村落。村里没有树，只有灰色平顶、堡垒般的房子，往往只能通过梯子到达，就算以望远镜观察，也难以得见任何生命迹象，这里与汉族人村庄的喧嚣热闹对比鲜明。

旅队如今沿着大雪山山脚前进，这是青藏高原的外围。可是周围高山耸立，无法望见雪峰，仅有一次，我得以在山壁之间短暂窥探巍峨于头上 15000 英尺的壮丽雪山。然后又是一个转弯，我们再次困在灰色的悬崖、灰浊的河流与灰蒙蒙的天空之间。那天快结束时，一个急坡引领我们离开大渡河，进入康定河❷流淌的峡谷，我们随意乱走，走到美丽的小村庄瓦斯沟❸。村里唯一一条长

---

❶ 冲积扇（alluvial fan）是一种地形特征，是河流出山口处的扇形堆积体。当河流流出谷口时，摆脱了侧向约束，其携带的物质便铺散沉积下来。冲积扇平面上呈扇形，扇顶伸向谷口，大致呈半埋藏的锥形。——译者注

❷ 康定河，又名瓦斯沟，为大渡河支流。——译者注

❸ 瓦斯沟，地名，与先前康定河的别名不同。——译者注

街的西端有一家崭新干净的客栈，一行人在那里找到了舒适的住处。像许多类似的带着瓦屋顶的木建筑村庄一样，瓦斯沟似乎曾不止一次遭到焚毁。如此一来，污垢不易层积，算是唯一的好处。

洗过澡后，我走出旅馆散步，行至河边一座秀美的花园，花园与河岸齐平，仅由一道狭长的鹅卵石与河水隔开。即使天黑以后，男男女女仍在努力劳作。每一棵树均由人工种植，且绝不浪费肥料，珍贵的肥料以勺子撒在植物根部，而非随意撒在地上。在河对岸，有一座高耸 2000 英尺的陡峭悬崖，几乎遮掩了村庄，小村落相形之下显得渺小无助。悬崖之间有一条曲折小路，绵延往上直至消失于崖顶，我满怀渴望地看着小径。河的另一岸属于部落民族地区。从瓦斯沟往北，大渡河易名为金川，整个区域被称为金川国❶，在中国历史上汉族与部落民族的战争中，其中最艰难的一场战役便发生于此。

一周之后，我重返瓦斯沟，刚好有半天闲暇得以游览边界。在一位备受尊敬的村民引导下，我走过康定河上一条摇摇欲坠的桥梁，气喘吁吁地爬上山坡，攀爬到悬崖之上，俯瞰眼前辽阔的高原，其东侧逐渐下降至大渡河，而西、北两面皆是高山。此地区一片贫瘠，几近无人居住，似乎距离汉族人艰难推进至打箭炉的繁荣喧哗相距数百英里。极其偶尔才会遇上汉族或部落民族的族民，而途经的为数不多的高耸堡垒式石建筑里，俱不见人烟。这整片区域几乎不为欧洲人所知，少数几个经过的汉族人都是些路过的商

---

❶ 原文描述区域即现今金川县，位于川西北高原，阿坝藏族羌族自治州西南部，地处青藏高原东部边缘，大渡河上游。原文为 the Chin Ch'uan country，但历史上并无"金川国"一说，疑为作者笔误。——译者注

人。据谢立山爵士解释，倘向部落首领奉上一定数额的金钱，往来商人便可从部落妇女中选取临时妻子，但待他离开时，必须将妻子留下。

次日，我们登上康定河山谷行至打箭炉，此间路程大约20英里。这段路有3500英尺的上坡路，可坡度如此平缓，只有在眺望近乎连续不断的湍急河流时，方才意识到自己在爬坡。绵延数英里间，几乎没有静静流淌的水域。只有通过绳索桥才能从岸的一边到达另一边，而我看到有三条绳索桥。有好几次我得见人们如何渡河。一根竹绳两边牢牢固定在岸边沉重的岩石上，绳座以竹竿悬挂其上，沿绳索滑行。坐在绳座上，旅者借助自身重量可滑过一半距离，之后就必须用力拉绳方能到达对岸。倘若跌落，几乎必死无疑，据说到达河流中段时，松手的冲动便无法抑制。强壮勇敢的西方探险家常对东亚各地的山脉索桥深感恐惧，我却看见当地男女轻松利用绳索过河，就如每日例行公事一般。不过正如你所知，中国人一向无所畏惧。

幸运的是，康定河北岸鲜有人烟，似乎并无必要过河。事实上，我们这边也全程没有见到村庄，只有少数几座小寨子，不时有一间孤独的客栈。河流两侧是巍峨石壁，中间仅剩狭长小径。沿路有许多核桃树和柳树，偶尔看到小小一片大麦或玉米田，可要不是有苦力这个行当，即便是汉族人也难以在此生存。事实上，沿路似乎有一半屋子都是餐厅或茶馆。途中，一名从泥头村就开始护送我的士兵卷入争吵，使自己不大光彩。当时正下着雨，我便待在轿子上，由着苦力悠然自得地饮茶。突然传来一声大喊，大家立马看看是怎么回事。我看见一名士兵抓住老板的长辫，以短剑剑背痛打他，便立即呼唤翻译阻止，但他要么是没听见我叫唤，要么是不肯服从，于是我挣扎着爬出轿子（当时的人认为妇女低人一等，必须跨过侧杆下轿，倘不小心碰到苦力肩负的撑竿，会让他肩膀酸痛），亲自上场拉走士兵。我曾亲身测试，知道他的剑缘锋利。风波平息后，我方了解来龙去脉，一切源自旅店老板要求士兵支付四块饼的钱，而士兵坚持说他只吃了三块。谁对谁错我无从判断，可还是将士兵教训一顿，因他在护送女士时行为不端。这种西方观点对他而言恐怕是天方夜谭，但无论如何，他似乎由于我的责备而情绪极为低落，那天余下的时间里总是面带抱歉，偶尔默默地在我轿子扶手上放上一束花，以表歉意。

第六章

打箭炉

打箭炉无疑自成一格，与其他城镇大不相同。明明海拔高达8400 英尺，可周围巍峨的雪山海拔也许比它还要高上 15000 英尺，打箭炉便成了盆地小镇。小镇面积颇小，几无立足之地，而山墙外几乎没有一尺平地。它楔于三面山谷聚拢之处，打河和箭河❶ 汇合于此，形成打箭炉。我们转过阻隔峡谷的悬崖拐角，首次得见小镇，灰色山壁与弯曲的墙顶与侧翼山坡对比鲜明，蔚为壮观。

　　打河从西藏的雪山上奔腾而下，我们穿过与其平行延伸的那条又长又脏的大街，立刻留意到各形各色的脸庞。密集的人群涌向街头，骑马的步行的都有，藏族人比汉族人多，但从商店向外张望的面孔分明都是汉族人。一群群相貌凶悍的藏族人，披着毛皮毛毡，昂首挺胸大步走着，他们黝黑的面庞明白无误承载着大高原❷ 上的艰苦荒凉。身穿蓝色长袍的汉族人面无表情地行走于人群当中，他们相对肤色浅且秀丽，纤细瘦弱，但无疑处于支配地位。

---

❶ 康定的藏语名叫"打折渚"，打箭炉系"打折渚"的汉译雅化，而作者所言"打河"，实为"多河"，"箭河"实为"折河"。——译者注

❷ 大高原，应指川西北高原，属青藏高原的一部分。——译者注

在此处，井井有条之头脑比起暴虐的武力更胜一筹。几乎每五人当中便有一人是身着红袍的喇嘛，比起其他人并不见得更为洁净，眉宇之间也没有流露卓越的智慧。在人群喧嚣与河水急流声中，混杂着遍布全城的庙宇间绵延升起的经文吟诵和悠长的号角声。藏传佛教在打箭炉颇为兴盛，我幻想自己又回到数千里以外西藏西部边界处的黑美❶寺。此时景象格外祥和美丽，到处生机勃勃，吟唱悦耳，色彩斑斓。

打箭炉与拉萨之间是绵延几百英里的贫瘠之地、当风高原及险峻危险的山中关隘。我相信，那些关隘中至少有十处高于勃朗峰。两地之间横亘着世上最艰难险阻的山路之一，时至今日，大部分贸易往来仍经过此路。认定汉族人毫无军人风范者，定是忘记了他们的功绩，更别说战胜尼泊尔廓尔喀人❷的非凡壮举；彼时，中央之国的7万名士兵跨越世界上最难以接近的地域，在距离他们基地2000英里处奋勇战斗，最终打败了从东而来的强兵。

中国内地会在打箭炉有一基地，可令我失望的是，两位传教士在我到达时刚好不在，虽然他们的中国助手全力欢迎我，为我在一座教会建筑提供住宿，但传教士本应话题丰富，而我无法与之交谈，实属一大损失。此外，我与中国民众相处两周，期盼能再次见到同族。幸运的是，刚好有另一位旅客出现，那是印度军队的一名英国军官，他在回家休假两年后，绕道回军队服役。他也被安置在教会大院。我们很快便相遇，我有幸与他聊起一些有

---

❶ 原文是Himis，疑为黑美（Himis）寺的误拼。——译者注
❷ 廓尔喀人是外国人对尼泊尔全体居民的统称，可事实上，廓尔喀是尼泊尔的一个部落，位于首都加德满都西北。——译者注

打箭炉一瞥

　　　　　　　　中国漫行记：从山野密林到戈壁荒漠

藏族人

趣的话题，也得以再次真正用餐。我们互相分享旅途经历，那晚过得非常愉快。一如既往，我对男人在旅行中设法寻求安逸舒适的能力大感佩服。如有必要，他能依靠基本所需存活，但一般而言，女人只要下定决心，比起男人，会更不在意是否有柔和软糯的被褥或是舒适的生活——尤其是后者。不过，有一样东西是我拥有而贝利上尉欠缺的——那就是一条狗，我认为他很羡慕我有这么一位四脚同伴。而我则嫉妒他能进一步冒险进入比打箭炉还远的荒野。数月后，我得知尽管他没能如愿抵达拉萨，可他因在鲜为人知的地区探索历险而声名大噪，荣获英国皇家地理学会的吉尔奖❶。

我原本打算向传教士求助以兑现支票，多亏了贝利上尉帮忙，我并未因传教士不在而遭遇任何不便，他亲切地向我介绍了邮政局局长，还呈上在成都的英国邮政局局长的信笺，于是此处的邮政局局长便礼貌恭敬地给了我下一阶段旅程所需要的所有资金。1911年，中国的邮政局与海关管理局仍为共同管理，同样便捷高效。在全中国，邮政服务已然联网，此时此刻，除非受革命影响——而这极有可能，打箭炉、巴塘和拉萨之间，应有定期邮政业务。打箭炉的设施无疑相当原始，但这儿居然有邮政服务，已令人惊奇。我于到达的次日早上前往邮局收信，那里的办公室面积不大，地板上摆放着一大堆邮件信笺，我与翻译花了大半小时才将信件从尘土飞扬的邮件中解开取出，而其中大部分邮件是寄给驻扎打箭炉

---

❶ 即"吉尔纪念奖"（Gill Memorial Award），为英国皇家地理学会颁发的嘉奖之一，以表彰对地理学贡献卓著的学者与探险家。——译者注

的法国教会成员的。我很遗憾没有机会见见早已成立的传教团的代表。我相信他们在藏族人及汉族人群体中都有传教❶，而新教教会则主要在汉族人居住区传教。我也没能进一步了解新教传教团的工作，传教士都前往巴塘了。可是，一位前来拜访的本地牧师那美丽俊秀的脸庞与端庄高贵的举止，却给我留下深刻印象。以对中国人的有限经验，我仅识得两三位出身上层社会的基督徒，他们形容美丽、风度翩翩，从同胞当中脱颖而出。可惜这是为数不多的情况，西方的热情既带来改变，也引致破坏，在传授西方观念与学识的过程中，常不知不觉对东方完美的行为礼仪造成不必要的破坏，而它们往往比我们的更为合理，也更加有魅力。西方人面对东方行事标准时过分自满，实在无甚理由。过去，我们斥责东方人不愿承认西方的先进之处，而他们正不断改进，但我们却继续拒绝向其学习，一再证明自己也是同样愚蠢冥顽。试以礼仪礼节此般小事举例——倘礼仪礼节也能算作无关紧要之事。在美国，不止一位老师承认，倘刚好有来自东方的学生，可给学生灌输良好教养的价值，然而在中国，却鲜有西方人意欲仿效中国绅士彬彬有礼的举止。我在中国曾数次遇上无礼莽撞之人，当中没有一个是当地人。

从宁远府出发后的路程极其艰辛，连续两周的旅程对每一个人都是折磨，无论何处都无法找到能同时舒适容纳所有人的住处，而随从们宁愿继续行进，我也并不反对。通常他们每七天便休息一次，所以大家都很高兴能在打箭炉稍做歇息。第一天里，随从和

---

❶ 法国传教团多属天主教，故作者将其与新教传教团区别开来。——译者注

苦力整理仪容，剃剃胡子，刮刮头发，将长辫洗涤干净，梳理扎好。有几人换上新衣裳，让自己干净清爽，而其他人洗干净旧衣服便已开心满足。他们当中除了夫头外，没有一个曾经到过打箭炉，便与我一样热衷于观赏景色，之后两三天我漫步城镇时，到处都能碰上我的苦力正惬意享受着来之不易的假期。

打箭炉里有趣新奇的东西比我预料中要少。商店里主要卖些普通的中国瓷器，我试着找一些西藏古玩，却徒劳无功，店主推荐的都无甚价值，要得到珍宝估计得看运气。无论是我想找的古朴茶壶还是手持转经轮，皆一无所获。我也找不到任何像样的豹子皮，这在不久前还是随处可见的重要商品。不过，至少我可以与人议价，这儿的居民可以说是打箭炉最吸引我的存在了。不晓得藏族人是天性冷淡还是礼貌得体，但亏得如此，我得以四处自由游荡，而无须被一群大人孩子尾随。此处自然是重要的军事据点，亦是军队在巴塘和拉萨贸易路线间的转运仓库，中国军人到处可见。在他们保护下的汉族人大约有 400 户，大部分是商人，看上去圆滑富裕。我必须承认，我对当地的藏族人颇感失望。尽管他们身体强壮、肌肉发达、姿态勇敢，我并不像大多数旅者那样，觉得他们富于吸引力。

连通中国及其西部属国的交通必须途经打箭炉，这座小城镇喧嚣繁忙，热闹不已。从西藏运来皮毛、黄金和麝香，在这里交换烟草、布匹和其他各种物品，但茶当然是重中之重，每年从打箭炉输出的茶叶重达 1200 万磅。储存待售茶叶的仓库规模巨大，在镇上特别显眼，还有许多藏族建筑，茶叶在此重新包装，由牲口拉车运输，从此处起代替从东而来的运货苦力继续上路。在汉族人那里，贸易主要由少数几个大商人操纵，他们负责应对藏族喇嘛的代表，而喇嘛几乎垄断整个区域的销售，从那些视茶叶为生活必需品的穷苦百姓身上赚取高额收入。

我厌倦了狭窄街道上的混乱喧哗、尘土飞扬，就逃到住所上面的山坡去。传教团的房子狭小局促，无法安置花园，尽管沿着墙壁生长的鸢尾花使得灰沉的石头建筑生色不少；不过，从教会房子后方往上爬一小会儿，便能去到一个和平安详的角落，得以眺望镇上以及山谷上下的美景，峡谷两边相距极近，似乎一挥手，便能将石子掷到对面山坡上。

我抵达后遇上的第一个晴天，早早便出发，前往嘉绒土司的夏宫，宫殿距离打箭炉约 8 英里，地处风光优美、寂静孤独的山谷中。这是成都传教士最喜欢的野营地，他们时不时便花上 11 天来回走动，以逃离打箭炉那温室一般的气候，欣赏高地的美丽风光与清爽空气。翻译和我被安排骑上两匹衙门安排的矮马，一匹比一匹糟糕，两匹都不适应攀爬跋涉的路程。我们穿过城镇，先是走在河的一边，而后跨过一座精致秀美、桥顶封闭但两边开阔的木桥，过到河的另一边，接着经过南门——打箭炉没有西门——走出城镇，发现身处乡郊，四周只有几个花草稀少的花园。再往前走了一英里，我们走过一条引人注目的单拱桥梁——这桥被称为"西藏之门"——再次渡河。我们业已到达通往拉萨的商队路线，可距离那神秘莫测的城市还有许多天的奔波劳顿。

我们不时遇到一群藏族人，其中有男有女，长相粗野却性情害羞，带着野兽般的羞涩。一般来说，他们需要少许时间镇定下来，方能愉快地应答我的问候，可是全都非常乐意结交朋友。偶尔，

打箭炉的喇嘛

中国漫行记：从山野密林到戈壁荒漠

西藏之门

道路会被像公牛一样的牦牛挡路。它们是雪地上的负重工具，运来皮毛、毛毡、麝香和黄金。其中一头牦牛上驮着的一位老人根据藏族礼仪礼貌地向我伸伸舌头❶。

骑马行进一小时后，我们离开公路进入美丽的绿谷，沿着一条路况糟糕的小径深入山中，柔软的草地上繁花盛放，与白雪皑皑的山顶形成迷人对比。我们先到达新宫，楼房大而杂乱，在建筑特色上与普通的中国客栈相差无几。由于此处的主人，即土司的弟弟，刚好在外，除却那满是肮脏的饿犬与不修边幅的男子的开阔大院外，我没能参观其他地方。不远处是此地特色之一——热硫磺泉，至少对当地人而言是如此。我拒绝前往观看，这使得藏族导游相当失望，我宁愿在湍急的溪流边享受悠闲的冷午餐。溪水大力转动着巨大的经轮，那是一块圆柱形木头，上面刻了许多神秘的佛教祈祷话语，其中"唵嘛呢叭咪吽"也许是所有祷语中最常出现的。轮子旋转一趟，相当于将木头上刻过的字重复一遍。就这样，日日夜夜，随着溪水翻腾，祷文升腾上天为土司祈福。庙宇屋顶和路旁岩石边的旗帜在风中飘扬，旗布上有相同的文字，每一杆旗帜都飘荡着祈祷。就在城外，我们骑着马经过一道长长的石墙，石墙与新英格兰的非常相似，只不过它的顶部放满了刻有经文的石块。如果你刚好路过，而"玛尼墙"就在你右侧，每一块雕刻了字的石头都会为你祈福。

在山谷上再攀升一英里便来到旧宫，那是一些用肥料堆砌成的茅屋。远比皇家居所更具吸引力的，是不远处的数顶帐篷，里面

---

❶ 藏族人见到远道而来的游客会伸出舌头，以表敬意。——译者注

都是嘉绒土司的家臣，他们正在此处扎营。他们友好地上前迎接，给我们指出山谷上一条隐蔽小道，从那儿得以一览雪峰。这里丛林繁茂、绿草如茵，尽管深感遗憾，我们却不得不回头，离开坐落在石丛荒野、冰雪覆盖中的美丽绿野。此处比起我在中国西部见过的任何地方都更像我的家乡，因为这儿有绵延绿茵，牛群在此放牧。我突然意识到已经好几周没见过草地或牛群了，那可算是这片区域最为缺乏的资源。猪和家禽倒有许多，但没有地方养牛，而马仅靠豆子、玉米，甚至是树叶和嫩枝为食。

打箭炉随处可见僧侣，以众多庙宇与喇嘛寺庙闻名。我在逗留的最后一天参观了距南门不远的全镇最大的寺庙。这座木质建筑宽阔但杂乱，矗立在特别美丽繁盛的树林——估计是赤杨——附近。门径还算漂亮，墙底与入口附近开着花。进入大门后，我们身处一个以石头铺设的大庭院中，庭院被带有走廊的两层大楼包围。寺庙就在面前，外观与其他建筑相比并不特别庄严堂皇。其中一边，一群上身赤裸的喇嘛聚集在一名长者身边，老人似乎正在讲述故事或解释说明，谈话内容到底是闲言碎语还是佛法经文，我无从得知，可从他们的表情判断，我猜测是前者。他们几乎没有注意到我们，在院子里漫步的喇嘛也不管我们，但四处闲逛的大狗却非常热情，可令我惊讶的是，它们毫不凶猛，相当客气地与我那泰然自若的小狗保持一定距离。早期有游客曾记录令人不快的经历，也许喇嘛近年已吸取教训，倘有游客前来，就事先拴好较危险的犬只。之后，我在另一个内庭里看到一条巨大且凶狠的大狗，它的颈部饰有亮红的毛，用链子拴得牢牢的，看着凶猛有力，能应对任何打斗。

我一边等待进入寺庙的许可，一边查看周围悬挂在游廊上的动物——有狗、牛，还有豹子。它们在尘土飞扬与飞蛾扑打间变得破烂陈旧，可是我听说这些都是圣物。我们不得不从侧门进庙，内里高大宽敞，悬挂着画满各式图像的卷轴与条幅，可惜里头太过昏暗，我除了认出一尊造工不错的大佛像外，其他东西几乎无从辨认。

　　一位老喇嘛是我们导游的朋友，在他的邀请之下，我进入楼上一间宽敞杂乱的餐厅或客厅，被礼貌地奉上茶水。老人面容隽秀，我想了解一下这地方，可惜我们的交谈需通过两名中国人协助，一位英语一般，另一位藏语颇差，谈话的结果不太令人满意，我很快便放弃尝试。然而，我确实成功地使喇嘛明白了我的愿望：我想雇一个人帮我切一块祈祷石。对此他回答道，外面有许多石头，我为什么不带走一块呢？我早有此意，但又怕被责骂行为不当。如今依循他的建议，我可以随意挑选，而无人反对。当地喇嘛受到双重约束，一是异常强势的土司，二是其背后的政府，如此一来，打箭炉的喇嘛比起西部的更为平和。

第七章

羊肠小道

打箭炉已是我此次旅行的极限，我无法再往西进，当然这并非中国西部边界，也未及我心中的目标。但时不我待，再过不到四个月，我就要返回新英格兰。况且，夏末并非沿长江顺流而下的好时节。我抬头瞭望通往拉萨的大道，又别过脸去往东走。重踏旧路总令人身心厌烦，而贝利上尉偶然一言让我转道雅州。我们必须再越泸定桥，凡是跨越大渡河，无论出入都要经过那铁索桥，可从那儿起，从我们在泥头附近曾走过的人满为患的主干道往东北方，有一条距离稍短的路径。这小道尽管更为直接，但路不好走，因而游人甚少。要走此路便得跨过两座险峻陡峭的山峰，路途与桥梁都不大稳固，得脚步稳健，头脑清醒方可前行。此外，要得知路况非常困难。贝利上尉仅知晓其存在，除此之外便一无所知，而尽管戴维斯少校❶曾行经此路，但他在《云南》一书中除却写下小径对随行动物太过陡峭外，就别无记录。即使是友好的邮政局

---

❶　应指英国第 52 牛津郡轻郡步兵营的 H. R. 戴维斯少校，他曾于 19 世纪末游历越南及中国西部，著有《云南：联结印度和扬子江的锁链》一书。——译者注

局长也未能提供帮助，他只告知曾有一名军官尝试带着矮马越过山脉，结果一匹不剩，悉数被山间洪流卷走。当我说出计划时，翻译摇头晃脑地表示质疑，不过他的意见并不重要，他总不愿意冒险前进。我唤来夫头咨询意见，得知他以前已然走过一趟，因此也不愿重走旧路。

姑娘（对我的称呼）："我想走羊肠小道去雅州。"

夫头："这不可能。"

姑娘："无论如何，我已下定决心，我希望你会跟我一起走。"

夫头："好，要是那样，我会领着您走小路，但矮马不能同行，亦不能带轿子，其他苦力也不能跟着。那条路无法肩负重物前行，而这些都是宁远人，他们除了以肩膀负重便不懂其他扛行李的法子了。"

很明显，只有夫头、厨师、杰克和我适合前行，而我已经跟翻译说过他可以走大路。可是在东方，大多数事情都可经过坚持达成。矮马会在马夫的照料下绕远路走。至于翻译，当他发现我打算抛下他自己走，就决定要跟着我。而宁远来的随从，要是他们愿意随我去雅州和成都，我便不按计划解散他们。我确定倘若再多雇两三名苦力分担行李重量，他们应该可以继续行进。轿子的问题也不大，当路况不佳时，我们便步行，由背行李的苦力扛着空轿子走。事实证明，一切按照安排进行，最终结果亦如人意。

如同往常一样，旅队在喧嚣的人声中离开打箭炉。在中国，干什么都热热闹闹，通常还伴有延误。由于前方只剩下一小段路程，我独自安静地坐在传教士大楼的台阶上，最后一次享受着城市上方皑皑雪峰的美妙景色，任由事情自行明了。等了许久，始终未见第二名士兵，我们便启程离开，在雾天朦胧柔和的灰蒙日光中缓缓下山，甚是惬意。在打箭炉逗留期间，河水明显上涨，快速冲刷着高陡的河岸，我屏住呼吸看着人们利用索桥渡河。到瓦斯沟半路时，我们遇上六顶轿子，每顶轿子上坐着一位面带笑容的法国女士，她们都驻扎在打箭炉的传教站。光是因为有这六位品质高贵的女士，城镇就似乎更加纯洁美好，她们很可能永离家园，为传教事业奉献一生。

我们在瓦斯沟之前待过的"舒适"旅馆里找到了房间，客栈主人很是热情，让我真正感到宾至如归。次日清晨出发后不久即遇上一位打箭炉官员的葬礼队列，那是他最后一趟长途旅行，目的地是其位于成都再过二百里的家乡。沉重坚实的棺木放置在红色箱子中，上面是寻常用于挡邪避灾的白公鸡，走在前面的是扛着旗帜摇着钹的男子，伴随钹响，八位抬棺人一直诵着经。由于他们经常停歇，旅队很快便将其抛在身后，但深夜时分他们到达了泸定，与我们住在同一座寺庙里。我因拒绝再次投宿旅馆，便在庙中过夜。

第二天早上天还没亮，我们就被外面庭院的经文诵读声与鸣锣响钹声唤醒。抬棺人又启程上路，到了六点一刻，我们再次嘱咐马夫要照顾好矮马，继而踏上征程。城镇业已苏醒，我们行经市场，那儿挤满了带着农产品的小商贩，货品主要是些新鲜蔬果。一行人沿着大渡河左岸走了几英里，然后猛然转向山边，沿山而上。轿夫在此处稍做歇息，吃吃早餐。直至到达过夜的地方，我方看到他们。我独自一人带着杰克沿陡峭的小径前行，畅快享受自由。起初只遇见寥寥几人，后来碰见的人多了些，而每逢我对方向存疑，总有人帮忙认路。过了一会儿，我们急降到一处小河谷，小河从东面注入大渡河。我们继续走着，利用木板和垫脚石从河的一边穿到另一边。经过两座掩映在核桃树中的小村庄后，我们终于到达山谷顶端，前方是长而陡峭的蜿蜒小路。攀登过程相当艰苦，热得汗流浃背，可我与一位同路的俊俏女子展开了友好的竞赛，以此得以稍稍分神。她并没有裹小脚，步履轻快，与我不相上下，而我们的狗也一路快活奔跑。在这里，没裹小脚的妇女比起旅程中其他地方都更为常见，她们似乎尤其灵敏聪明。当地人口稀少，许多是新来的客家人。到了悬崖顶，我与杰克走在一条狭窄的山脊上，当天剩下的路程便沿着山路行走，不时爬上绿树茂密的横岭。杜鹃花漫山遍野，甜香浸润了空气，给陡峭的山坡披上美妙的色彩。最终，我们下行至一座位于险峻峡谷一头的小村落，当晚住在一家不同寻常、相当有趣的客栈。除却两三个私人房间外——而其中最好的一间租给我了——客栈最有生机之处在于一个屋顶敞开着的大厅，顶部仅有几条粗糙的栏杆阻隔。外面下着雨，孩子、猪、鸡、猫和狗从敞开的门外走进来。我们的轿子被吊在屋顶，免得碍事。每一个苦力都拿到一条席子，找处位置歇息。有几个在一天的辛劳后，用热水洗去汗水和灰尘，他们必须洗干净身子才能得到以二十文租来的被子。另外一些已经蜷缩成一团，悠然享受午后的鸦片烟，还有几个正围着半圆形的炉灶，忙着准备晚餐。一个锅里煎着豆饼，工序复杂，耗时颇久，一个锅里正在炸油糕，一个锅里在煮米饭。其中一名轿夫似乎是名大厨，挥舞着一柄大铁铲，从一个锅走向下一个锅，搅拌，品尝，下调料，向两名听他指挥的苦力发号施令。这里做主的是一个裹小脚的漂亮女人，显然是客栈老板，至少我没看见有男主人。每个人都温柔友好，我很高兴无须像在城镇客栈时那般隔绝，而能参与喧嚣热闹当中，得以品尝每一道饭菜，看着人们打打牌，与孩子们交交朋友。

夜间大雨倾盆而下，黎明时分仍细雨蒙蒙，七点前我们已然动身。我们登上山谷，前方是一堵坚实的绿墙，墙上缀着粉红的杜鹃与樱桃色的满山红，花墙间有六七条溪流经过，从悬崖口急冲直下，淌过下方的岩石。队伍在奔流的山溪中曲折前进。当然，此时不可能骑马，我也早已撇下轿夫，一人走在前头。但有一名来自打箭炉的随从——身体强壮、健谈活跃，长辫上别着一小块珊瑚——警觉地跟在我身边，走到地势险要之处，总会出手相助。上午过半，我们穿过约 10000 英尺高的马鞍山 ❶ 关隘，从离开泸定桥算起，已经往上攀登 5000 英尺。就在到达山顶前不久，我们走到一处杯形盆地，此处绿荫繁盛，到处是鲜亮红艳的杜鹃，许多小瀑布潺潺流下，激起欢快的泡沫。眼见美景，我忍不住惊喜地大叫，连苦力也不禁咧嘴一笑。若非身在此处犹如淋浴般湿透全身，在此虚度一天定是如梦般的享受。靠近关隘处，从上方传来奇怪声响，有点儿像西藏以西的拉达克人登上高峰时发出的欣喜惊叫，我想着说不定此处也有同样的习俗。可事实上，那是两个人赶着十头黑猪走过时吟唱的民谣。而在路的另一边不远处，一名男子疯狂地打着手势，阻止我前进。起初我以为他疯了，后来发现那是因为他赶着一群鹅紧跟在猪群身后。担心杰克会攻击鹅群，我抱起小狗走过，男子拜伏，以表感谢。

---

❶ 马鞍山，位于四川省凉山彝族自治州甘洛县东南部，高峰海拔 4288 米，是甘洛县的最高峰。——译者注

路边旅舍

哨所

　　　　　　　　　　　中国漫行记：从山野密林到戈壁荒漠　——————

我们从关隘上理应能看见逶迤往北、人迹罕至的山路，而有些山峰高耸入云，将近有 18000 英尺高，可惜的是，云层与薄雾再一次遮蔽了视线。当天余下时光，我们自陡峭的东侧往下，沿着湿漉漉的石径吃力下行。小径穿过陡峭狭窄的峡谷，山壁上植被葱茏繁茂。随着我们下山，山墙上的植物变得愈发湿润油绿。数千条小山溪从山谷两边跃下，迅速变宽，成为不可逾越的洪流。我们不时在悬垂的岩脊间匍匐前进，不时又沿着崎岖的岩梯趔趄前行，时常要借助巨石间的石板越过溪流，或是扶着并不稳健的扶手走在滑溜的圆木上过河，有时候根本连扶手都没有。下山的坡路比起爬上另一边的山脊要费力得多。好在随行的士兵和那位殷勤、英勇的苦力总是伴着我，一个领路，一个殿后，经常为我伸出援手。有一次，路径直通流水，我迟疑着水有多深多急，苦力立马放下行李，让我爬到他背上，这可靠的同伴就此背着我，步伐稳健地行走于岩崖之间。还有一次，我们被迫过河，而我已然浑身湿透，便建议直接涉水，但苦力还是坚持要背我渡河，他走在湿滑的岩石上，湍急的水流浸没膝盖，他的强健敏捷可真让人佩服。当时我的体重不到 130 磅，而一般茶叶搬运工的负重能到达 200 磅。士兵抱着杰克紧随其后，它那小短腿几乎不可能在急促迅猛的河流中行进，而定会被卷入激流。

下午过半，我们作为旅队的先行者，到达了晚上停留的长河坝❶。整座村庄都前来欢迎致敬，想来之前鲜有欧洲人到来，而其中也许从无女性，他们的兴致也就不足为奇。翻译在两小时之后

---

❶ 长河坝（Chang-ho-pa），音译。——译者注

方到达，我只能畅想两位同伴为了满足村民的好奇心而编造了何种故事。一般而言，一个人在他的东方随从嘴里总不会丢份儿。几年后，我扮作爱德华国王❶的妹妹在克什米尔和巴尔蒂斯坦旅行，在途中深有此感。我无法计算因此受到何等尊重或好处，可我估摸着随从为了解释我的简朴行装，必然花了不少心思。

旅队其他人在黄昏时分陆续到达，个个浑身湿透，疲惫不堪，但又精神抖擞。这天既无行李浸湿，也无人受伤，算是相当成功。简陋的小客栈大堂里聚集着饶有兴致的村民，房间里喧闹欢乐，男人们拧干衣服，烧火做饭。我也加入其中，坐在火炉旁一张矮凳上，津津有味地看热闹。每个人都关心我是否舒适，为我拨火，又给我拿来一把扇子，为我挡掉热气，还烘干我的鞋，温柔地抚摸着杰克。整个旅途中，随从们的体贴与善意始终如一，而尽管我友善待人，却从没因此丧失丝毫威严。

晚饭后，轿夫聚拢在一起，在翻译的帮助下，我尽力记下他们的对唱应答❷，这种交互轮唱，在苦力间代代相传，历史悠久。前面的人喊："落低！"意思是路上有阻碍。后面的人喊着："提起！"就是"举高点儿"或是"举高轿子"。有人唤："瞧高！"意思是注意头上！然后又有人应答："扣腰！"这是在呼唤他"弯腰"。当道路不平坦时，你会听到："路不平！"回应是："满天星！"意即"天上有许多星星"。接着头一人又回答："地下坑

---

❶ 应指爱德华七世（Edward VII，1841—1910）。——译者注

❷ 这种对唱应答亦即"滑竿号子"，它的作用是用于滑竿夫抬竿时报路。无论轿或滑竿，后面轿夫的视线被轿壳或软扎挡住，须前面轿夫传话告诉路上的情况，这叫报点子或报路号子。由于号子已流传不广，文中翻译俱根据资料及译者猜测所得。——译者注

多！"意思是满地都是坑咧！去到桥上便嚷："什么烂桥！"意思是："桥坏了，都一千年老了！"而后便是众所周知的应对："撑满万咯！"意思是可能都用了上万年了。行至陡峭的地儿，其中一人喊："陡上陡！"意思是越来越陡！其他人回说："官上官！"从字面上看，是"官上有官"，但其实意思就是"步步高升"。在村庄里，经常能听到说："有条狗呀！"意思是路上有一只狗；随后有人回答："喊老板来系它呀！"意思是喊它主人来系好它。有时候能听到："左手娃娃靠！"接着有人应答："喊他妈来抱！"❶

路上每隔100码左右便听到有人喊："反扛！"意为该换肩了！接着轿夫便稍做歇息，好给扁担换边。穿过城镇时，常会听到"背啊，背啊，背啊"，意思是"小心背部，小心背部，小心背部！"因为稍不留神，后背就会被轿梁撞到。

次日行程与头天一样，天未破晓我们便启程，我和前天的两位伙伴很快便将其他人甩在身后。起初小路崎岖不平，上下起伏。植被几乎跟热带地区一般密集，脚下与头上都水汽重重，除了浸泡浴缸当中，我从没浸润到如此地步。行至山势较低处，山谷变宽，情况有所改善，旅程也愉悦起来。有一次经过一座小寨子后，我们行至高耸的悬崖，俯瞰从南方注入的一条大河。我们所在之处50英尺以下，河流咆哮奔腾，而其上是一座150英尺长的悬索桥，桥由三根大铁缆组成，每隔一定距离有交叉铁链固定。桥上的人行道是一排每块宽不超过12英寸的木板，两边没有扶手。站

---

❶ 由于本书作者是美国人，对汉语口语一无所知，而书中的翻译则为江西人，对英语所知有限，因此要还原、翻译四川苦力的"行话"，难免错漏，恳请熟悉汉语的读者见谅。——作者注

在我旁边的士兵大力晃动手臂，以保持平衡。眼前情形一清二楚，想到要走上那狭窄摇晃的木板，我不禁浑身颤抖。好在那骑士般的苦力已将行李放到对面河岸，又立马折回帮忙。我一手将同我一样害怕的杰克夹在腋下，另一手抓紧苦力的手，慢慢行至安全之地。过了河我才瞧见附近村寨的村民在岸边等待，他们的消遣就是看着路人过桥，也许也是在等机会帮腿脚没那么灵光的苦力背行李，好挣几个钱。我的轿夫顺利过桥，"墨丘利"肩负篮子，步履如飞，可翻译得有夫头帮忙方得过河，还有两个苦力犹豫不决，好在他们在其他苦力的帮助下还是顺利过了桥。

当天晚些时候，我们离开河流，不时穿过能窥得南方美丽景色的山脊或关隘，步行好一会儿又从山谷出来，但景色变得更为开阔。大山依然耸立左右，可当我们走往山势较低处时，景观逐渐改变，周围开始出现棕榈树、竹子和桃子树。沿途村落规模较小，不比村寨大多少。途经第一处时，我坐在轿子上，眼看此地不适合停驻就餐，便决定到下一处进食，然而第二处的条件更差，唯一的客栈已遭拆毁废弃。虽然天色已晚，其他人远远落在后面，但我们也别无选择，只能继续前行。最后的希望落在了四座设施简陋的村舍，人们前来迎接，力使我们舒适愉悦。屋里火光通明，衣服很快就烘干了，米饭也煮了起来。翻译到达后，我才得知我们被当作传教士了，大家期待着我们举行一次礼拜呢。

次日下山时，景色愈加迷人。我们穿过山坡上的小树林，而下方的河流旋转成巨大的绿色旋涡，它已大到足以令这条河冠名为雅河了。沿途村庄通常由木头建造，茅草屋顶刚刚长出绿色的嫩芽，从远处看颇为美丽迷人。山水间出现此前未见的高大云杉，其轮廓让我忆起意大利的岩松。路况很好，我得以再次乘轿，为此非常高兴。过去三天我艰辛攀爬，下坡路又更费劲，实已筋疲力尽。沿途行人对我很感兴趣，对杰克更甚，但那都是当地人纯真的好奇心，不似镇上居民的瞪视那般令人反感。旅队在一处停下午餐时，一个面容有趣的瘸腿男子缠着我们，我很快便发现我本人及行装是他向周围人解释说明的主题。他告诉围观民众我在路途中如何保证眼镜不掉落，阐述着我鞋子的优点，指出了轿子的好处，这些东西于当地俱前所未见。最后，他详细讲明小狗的脾性，解释道，如果我想要它粗暴对人，它便是会咬人的，可因为我为人善良，总教导它要温驯和气，它便表现良好。为了证明他所言非虚，他小心翼翼地拍了拍杰克的头。幸运的是，小狗喜欢任人抚摸，我们的名声才不致受到影响。

那天行程结束时，我们前往天全州❶，那是路上一个颇大的城镇。道路比之前走过的都要舒畅平坦。自从离开马鞍山，我们已往下行进了 7000 英尺，现已到达地势较低之处。目及之处都是精耕细作的农田，附近山上的梯田一直开垦到山顶。铺好的小路穿过长长的稻田，田上刚刚冒出绿苗。沼泽上的山丘中不时出现一组农场建筑，每一座楼房都草木环绕。世界其他地方的树木是否像中国的树木一般成团成簇，生动秀丽？对中国人毫无同情的人评论，除非出于极其功利的目的，否则他们从不植树。那些人在中国居住已久，而我虽缺乏证据来反驳其论断（幸运的是他们有时自相矛盾），但是，他们该如何解释大多数寺庙都坐落于绿树丛中，

---

❶ 今天全县，隶属四川省雅安市。——译者注

路边茶馆

除却满足视觉美感便别无目的？为何中国城镇，每每远眺时皆枝繁叶茂，风光如画，而其中树木既非用作燃料，亦非用以果腹？事实上，在我看来，中国人饱受生活压力，不得不从功利的角度来看待事物，可倘有机会，他们对美的欣赏鉴识便展露无遗。

在城镇附近，我们下到奔腾的雅河上的一座铁索桥。河流急涌，冲击那呈直角的从河中探出、高达二三十英尺、形态奇异的礁石，又直直撞上堤岸。桥那边是天全州，亮红色的墙上挂满了翠绿的爬山虎。我们穿过一条精致的石头通道，走在唯一一条宽阔大街上，路面铺得整齐美观且干净利落。居民显然对外国人十分熟悉，这也自然，雅州距离此地只有20英里远，那边就有罗马天主教和基督教的传教团。

我们第二天经过的乡村景色各异，但每一处都很秀美。离开小镇后，小路途经一条低矮的山脊，那里是一片坟墓。在中国，生者与死者毗邻而居，且生者的利益经常让步于死者的诉求。中

背茶苦力走过悬索桥（其负重约 160 磅）

国谚语有云："天造人，地有墓。"眼望面前土地，亡者如此之多，而生者生活艰苦，这句谚语别有深意。这地方有其吸引力，坟头与墓碑上长满了青葱绿草与各式蕨类，其中许多坟墓都有竹子或野玫瑰点缀其中。此处石头用途众多，路面通常状态良好，灌溉用的沟渠由单块的四川红砂岩桥连接，也许宽达 10 英尺；随处可见漂亮精巧的小石瓮，而在更南方地区则只有些残破老旧的小木瓮。

片刻之后，我们离开了平原河流，进入更为崎岖难行的地区，沿路是丘陵山谷，还有如茵河岸间的潺潺溪流。瀑布坠落冲刷布满青苔的石头，也得见一排排隽秀挺拔的大树与风景如画的石桥，随处可见有人勤勉耕作，亦有巧夺天工的灌溉系统。一切迷人秀丽，如同井然有序的公园般精致秀美。苦力在一家茶馆歇息，而我坐在轿子上养神。突然，我发现先前护送我过桥的苦力趴倒在翻译前面，语带恳求，形容迫切，而其他的苦力站在一边，毫不同情地大笑。我一小时前刚给他拍了照片，这可怜的家伙正催促翻译请求我将灵魂归还于他。要是丢了魂魄，他便没了命，如此一来，他那做寡妇的母亲可怎么是好？经过好一番谈话，他方得到抚慰，其他人保证，他们留影多次，从没因此受害。要是当时我听懂了，便可以安慰他说根本没有照片。在多云的四川拍摄有诸多缺点，每逢看到太阳时，我都快要同"蜀犬"一般"吠日"❶了。中国人对镜头的感觉似乎各有不同。孩童有时也会害怕。一次，一个已到负重年龄的男孩被告知事后可得到奖赏，便乖乖站立不动，可正当我要拍照，他突然泪流满面，我不得不由着他拿着赚来的一点点钱就此走开，而我则两手空空离去。也有一些老人不肯拍照，可另一方面，偶尔也能遇上有人要求留影。

接近中午时分，我们再次身处雅河谷中，有时沿着河上一条铺好的小路行走，在梯状的大石间起伏前进，不时穿过山中大片的灯芯草地，山村街道便以此铺设。小米和大麦已然收割结束，一捆捆作物被运到村里晒干，它们只能散布在大路——唯一平坦的地面上。男人们走过晾晒的作物，孩子和狗奔跑其间，也无人训斥。我们两次坐渡船过河，低矮宽阔的礁石使河道变得狭窄。最终，我们到达雅州，也就是羊肠小道的尽头。旅程当中并未碰上预想中的灾难，于我而言，也比走主干道更为愉快舒服，饶有乐趣。当然，我们在路上花了五天时间，但要提前一天到达并不困难，只是那样也毫无意义，因为我们必然要在雅州等待马夫和矮马赶来会合。

---

❶ 四川盆地空气潮湿，天空多云。四周群山环绕，中间平原的水汽不易散开，那里的狗不常见太阳，看到太阳后觉得奇怪，便吠叫起来。因此有"蜀犬吠日"之说，常比喻少见多怪。——译者注

既然被迫停留雅州一天，我便借此机会参观镇子。我有幸受到美国浸信会教友谢尔德斯博士及其夫人款待，同在其他地方时一样，我发现传教士最能帮助旅者了解当地情况。唯一一点限制就是居住在东方的新教徒与罗马天主教徒之间互不来往，使得我无法得知后者的情况。当记起罗马天主教已在中国传教三百余年，有着数以百万计的信众，总让人想更了解其工作成果。

　　但毫无疑问，新教也成就斐然。在雅州，传教士与市民的关系亲切自然。医疗工作正在进行当中，医院不久后也将开放。可是，有如斯心怀信念、友好善良的基督徒生活于城镇上，也许比任何工作成就都更有价值。

　　在通商口岸，你会听到对传教士及其工作的诸多批评，既然人无完人，自然有时会犯错。但是，他们毕竟是唯一并非出于自身利益而来到中国的欧洲人，人们很快就明白了这点。尽管意见分歧，了解传教团的人一般都尊重教士。一位对传教活动不甚友好的中国绅士，当谈及欧洲人和中国人在南京的良好关系时说道，这一切都源于传教士先前便来到中国。苏熙洵博士❶讲了一个故事，一个英国人为一名中国船长严厉批评传教活动而叫好，却反遭驳斥："这的确有道理，可要不是有传教士，我们都不知道贵国还有好人呢。"

　　雅州城是重要的茶叶种植区中心，而城镇内满是大型建筑，茶叶于此加工再运往西藏。四川茶总体而言并不十分出色，除却销

---

❶　苏熙洵（又译苏慧廉）博士（William Edward Soothill，1861—1935），英国偕我公会（后称循道公会）教士，于1882年来华，曾在浙江温州、宁波传教。——译者注

往西藏外，很少销售至别处。其实，我们路上遇上的数千名苦力所负载的茶叶实在不能称之为茶叶，大部分由胭脂栎还有其他树木的叶子、嫩枝混合而成。采集后晒干的雅州茶会被运到镇上，制成销往西藏的茶砖。准备过程包括将茶叶剁碎，掺入树叶及嫩枝。加一点米汤后，将混合物装进竹席制成的圆筒，茶叶每包重 16 斤至 18 斤。据估计，除了包装外，制造商的成本大约是 32 文一斤，略低于 1.5 美分 1 磅。可当茶到达打箭炉，售价便涨至 5.5 美分 1 磅。到了巴塘，价格又翻了一倍，在拉萨再翻一番。因此，藏民们买来的茶几乎不能称之为便宜，然而，他们还是饮用大量茶叶，因对其而言饮茶并非奢侈，而是生活之必需。

第八章

穿越成都平原

我们一行人在雅州休息了一天，五月二十四日清晨五点便精神抖擞，整装待发。甚至在化林坪掉队的马夫，也同自泸定绕道而来的苦力和矮马一起加入了队伍。

　　有两位传教士沿江而下前往嘉定，在岷江和大渡河的交汇处，他们邀请我改乘竹筏，我也乐得与他们同行几里路。雅河就在嘉定以西汇入大渡河。自雅州以来，短短90英里，海拔就下降了650英尺。这里水流湍急、河床蜿蜒、乱石密布，因此竹筏便成了唯一可通航的工具。竹筏长约五六十英尺，前端翘起，中间是一个小平台，用席子搭了半截顶棚。水流虽急，却无危险，只间或为航行增添了巨大的乐趣，不过被水打湿则是在所难免了。两岸风光旖旎，远处伟岸的山脉渐行渐远，隐没在柔光里，漂亮的红色砂岩与低处鲜绿的竹林、稻田交替出现，每逢转弯便呈现出一幅动人的画面。

　　我雇的人都在约定地点等着我，而我沿着窄窄的田埂摇摇晃晃地攀登了十分钟，终于到了大路上。大路通往省会，需要四天行程。这一天和接下来三天，我们都在园林似的地区穿行，人力所为的风景精致而美丽。起初路况非常好，开始沿着一道防水堤坝的顶部延伸，堤坝宽约 6 英尺，穿越稻田，接着路面下降，进入一条小山谷，漂亮的"南溪"树遮天蔽日，然后再次沿一条低矮的山脊蜿蜒开去。身后，西藏山脉壮丽的雪线横亘在西方地平线上，那是我不久前的来路所在，如今已有百里之遥。周围每一寸能灌溉的土地都已耕种，除了位于沼泽中心辛苦堆起来的小土墩，那里有一座看似颇为坚固的农舍，环绕在美丽的竹子、柏树和南溪树丛中。它残破的墙壁可作为去年此地的安全证明，不过我想知道在最近几个月法纪缺失的状态下，这些孤零零的屋舍遭受了何种命运。天色向晚，薄雾降临大地，勾勒出近处的小山，又将远处的山峰托举向天空，显得愈加醒目。

我们在一个叫作名山县[1]的小城吃了午饭。从这里向西大约 5 英里，名山[2]自平原拔地而起。山不高，却以其出产的茶叶驰名中国，茶树为山顶寺院的僧侣所种。据传，树种几百年前由一位中国朝圣者自印度带回。每年收获的茶叶不过几磅，一直被当作贡品进献到北京供皇室享用。如今，它们落入谁人之手？在中国有种流行的说法：要沏出一杯上品茶，须得"扬子江心水，蒙山顶上茶"。没人相信这里说的是浑浊的长江水，但没人能解释其所指为何。不过关于"四川茶叶栽培"，罗斯托恩[3]写过一本很有趣的小册子，其中给出了他自认为正确的解释。他在浙江横渡海湾时看

---

❶ 名山县，现四川省雅安市名山区。——译者注

❷ 名山，即蒙顶山，位于四川省雅安市。——译者注

❸ 罗斯托恩（Arthur von Rosthorn, 1862—1945），奥地利外交官，1883—1893 年在中国海关供职。——译者注

到船上的人们在用桶取水，便询问原因，人家告诉他，河底有一个著名的泉眼，在这条河还是旱地时就已出名。原来是这里的长江水，加上 2000 英里之外的名山茶叶，才能沏出世上绝佳的茶来。

我们在百丈村❶过夜。我的马留在了雅州，因为它看上去需要多休息，整个晚上我都在试图找匹矮马替代它。如今天气太热不适合步行，但整天坐轿又受不了，因此我想在这里为下半程租匹马。只有亲眼检查了马背我才会决定租不租，可没有马供我挑选，什么原因？我不知道。东方人脑子里的弯弯绕不同于我们的弯弯绕，最终我还是放弃了刨根问底，打算睡觉去了，我告诉夫头，明天一早必须把马给我备好，除非是马背疼我才不接受。然而，早晨到了，马却没到。他们说马在城外等我，事实的确如此。我让人取下马鞍和毛毡，检查马背以确保没有问题，结果它完全正常。不过马夫表现奇怪，见了我似乎强忍住惊慌，而夫头则扑倒在旁边的石墙上，笑得直不起身来。最终，我得到了解释。原来，夫头去马行想给我租马，却遭到了拒绝。马行说他们的马不让外国人骑，连动也不许动。因为不久前他们将马租给了一位外国绅士，谁知他虐待马匹，又跑得太快，马夫根本追不上，差一点就把马弄丢了。夫头说不管怎样，他自己也得要一匹。黄昏时分，马被送到客栈后，夫头骑上马就出了城。出去后才想起来落了东西，那就是我，于是又折回来，留下马和马夫等着。马夫以中国人特有的方式接受了这无可更改的事实，静静地走在我身边。最初，他神色焦虑，仿佛预见我随时会扬鞭奋蹄，消失得无影无踪。我对

---

❶ 百丈村（Pai-chang），音译。——译者注

骑马并不在行，但至少我会尽量仁慈地对待它们。我不时下马，以便在特别难走的路段替它节省体力，此时，马夫渐渐高兴起来。最后，在苦力们吃早餐时，我习惯性地将马带到村外吃点草——后来我被告知这种行为非常不合适——他的惊讶终于爆发出来："这到底是个啥样子的外国女人哟？"中午，我将马匹归还，并为这半天付了一百四十文钱，大约相当于 7 美分。

我们晚上计划在邛州❶过夜，进城前，我们经过一座精美的十五拱石桥越过南河。南河是西部中国较小的水路之一，它令四川这一隅同长江连通，河上许多载满货物的笨重船只，顺着急流，一路向东。

我进入城门，疑惑于自己到来所引起的反应。费迪南·冯·李希霍芬男爵二三十年前曾途经此地，他是这样描绘的："男人都带着大刀，发生争吵时动不动便拔刀相向。当地人让我饱受困扰，我行经的中国城市鲜有其比；旅者应避免在此留宿，我则是不得已而为之。"自好心的男爵经此路过到现在，时光流逝，足以造成改变。但雅州的几位传教士也提到过最近一些不愉快的经历，要我小心此地人的脾性。出于好心，他们写了张便条，把我介绍给邛州的两位传教士——他们的总部在这里，住在他们家里，能保证我既安全又舒适。我先打发人去送信，却得知布道团关门了，因为其人员都在教区巡回布道，于是别无他法，我只能像往常一样投宿客栈了。

城中狭窄的街道上，自然还是无休无止的推推搡搡和目不转

---

❶ 邛州，今四川省邛崃市。——译者注

睛的人群，不过，我没看到不友善的迹象，对于人们的指指点点和
"看洋狗！看洋狗！"的叫喊，杰克报以欢快的狗吠，毫无例外地
引得人们高兴地咧嘴微笑。这天晚些时候，我厌倦了客栈的约束，
也有意试探一下当地人的性情，就和厨师去了市场。自然有一群
男人和小男孩一直跟着我，但他们都很和善，礼貌地为我让路，并
且，当他们得知我在找杏的时候，那么热切地为我们指出最好的店
铺，差点因此绊倒彼此。

邛州位于成都大平原的西南边缘，虽然只有大约90英里长，
70英里宽，却养育着400万人口。这里气候宜人、土壤肥沃、水
源丰盈。上述三项福祉，前两项是大自然的馈赠，而后一项则要
归功于李冰与其儿子的聪明才智——后者甚至连名字都没留下，
只知道叫"二郎"。这两位中国官员努力了、成功了、去世了，这
是两千多年前的事了。灌县❶有一座庙，就是为纪念这对父子而
建。那或许是中国最漂亮的庙宇，但真正的纪念碑却是这块美丽
的平原——得益于他们建造的灌溉系统，像伊甸园一样欣欣向荣。
李冰父子的临终嘱托被刻在了庙中的一块石头上——"深淘滩，
低作堰"，只要人们遵从其道，这套灌溉系统就会泽被久远。

同我见过的山区居民一样，生活在这平原上的人也很友好，只
是比偏远的居民少了些率真与好奇。显然，对他们而言，外国人
并不新鲜，相机亦非少见。在一处村庄，我停下来拍摄一座精美
的牌楼——它所表彰的不是"功臣"而是"节妇"。一小群村民
聚拢围观，要我为当地另一处遗迹拍照，直到我照做了方才满意。

---

❶ 灌县，今一般指四川省都江堰市。——译者注

那是一座漂亮的三层石塔，纤细而高挑，矗立在平坦的稻田里。平原看久了难免显得单调，这些美丽的建筑则为其增添了许多魅力。目力所及，是处于不同生长阶段的稻田。有些还仅是小水池，映着头顶的浮云。有些点缀着小丛的稻秧，鸭群欢快地游弋其间，更有一些则是绿油油一片，移栽工作已经开始了。

我们现在正走进中国西部最大的城市，也是中国最富裕省份的首府，路面却每况愈下。几百年前花费无数劳力修建的道路，如今经受风吹雨打、自然磨损，而无人过问。大段道路的表面已经剥落。至于另一些路段，倒希望没有路面更好。对此，人们的解释是"山高皇帝远"。这种说法对新政府是否适用还有待观察。毫无疑问，良好的道路对于这个国家的发展至关重要。我们再次与轮式交通工具为伍，眼见之下，处处有其身影；耳闻之中，时时有其响声。巨大的两轮载货车底部平坦，负载惊人。左右两侧皆是以这种方式进城的农民，男女都有，还有孩子，看上去都颇为殷实。

为了让我的轿夫省些力气，也为了尝鲜的乐趣，我跟一位独轮车夫讨价还价，让他载我几里路。苦力们把这当成一个笑话，等我发车后就在后面跟着小跑。不过我的护卫显得很烦躁，他不复在前面骄傲地昂首阔步，老是想磨磨蹭蹭到后面去，只要我的大轿子还紧随着我，他就能把我的异常行为解释成外国人的怪癖，以保存颜面。后来，我吩咐轿夫们在一个客栈停下来抽口烟，因为我知道他们很快就能追上我坐的慢吞吞的车子，这时，护卫又不见了踪影，直到我付钱打发走了车夫，回到轿子上，他才重新走向队伍前头自己的岗位上。这25里的车程花了我八十文钱。乘独轮车旅

成都平原上的农舍

行没有看上去那么糟糕，因为车上有椅子背，轮子两侧有固定物作为双脚的支撑 。 可尽管车夫推着我灵巧地穿越崎岖的路面和深深的车辙，翻车落入臭气熏天的稻田似乎仍在所难免，那可不是什么好事，更何况，你一刻都无法忽视背后负重的车夫。

　　我以为通往成都的最后一段路再也走不完了，路上人流络绎不绝，让人愈发厌烦，而最让人疲惫不堪的是这块富饶盆地温室般的气温，时不时降落的倾盆大雨只会让道路更加难走，而没让空气变得凉爽 。 我的苦力都来自海拔更高的地区，如今体力已消耗殆尽 。 他们几乎没人在尽自己的职责了，不时停下来休息，与旁人轮换，除非那人已经彻底放弃，将自己的工作外包给了半路上雇的人 。 我们的队伍散乱无序、无精打采，就这样拖拖拉拉走着 。 只

成都平原上的一座"贞节"牌坊

有杰克永不气馁，在村狗最喜欢休息的田间沿着窄窄的土埂追逐它们，从而给我们找点乐子。直到这时，整个队伍都清醒了，欢快地叫喊着给小狗加油。当追逐者和被追逐者全都滑入稻田的粪堆时，我们大笑起来，谁也不偏袒。路边的劳作者以为我们都疯了，直到看明白是怎么回事，便也忍俊不禁了。古老的中华民族对于任何一个能够打破单调艰辛生活的小插曲，都像孩童般充满了热情。

　　随着这一天慢慢地挨过去，你能猜到一个巨大的政商中心已经近在咫尺了。车辆行人川流不息——重负之下几乎弓着身子的苦力，在忧郁的嘎吱声中前行的满载的独轮车，疲惫不堪、步履沉重的行人，成群结队来自遥远边地的藏族人，视察归来、衣着华丽的汉族人，全都匆匆赶往省会。没错，我们正接近马可·波罗所谓"宏伟非凡"的成都府，如今它再次成为一座"宏伟非凡"的城市，只是现在被称为成都❶，而没多久之前，它还很难称得上是一座城市。

四川近代的历史始于标志着明朝衰亡的乱世。当时满族人忙于在北京建立自己的统治，对于帝国偏远省份的盗匪和内乱便听之任之。在成都，有一个自称为"大西国皇帝"❷的投机分子曾短暂地控制过四川，他死时几乎没有给后来的统治者留下任何东西，除了废墟和死人。鉴于其执政理念就是"除城尽剿"，有这样的结果就不足为奇了。贝德禄援引冯秉正❸《中国通史》的统计做了如下总结："屠杀：进士、举人、贡生等 32310 人；太监 3000 人；部属 2000 人；佛教僧侣 27000 人；成都居民 600000 人；部属之妻400000；妾 280 人；省内其余人等。毁坏省内所有建筑，烧毁所有可燃之物。"

自那以后，移民入川，目前其省会人口高达 35 万，尽管 13 世纪时绵延 20 英里长的城墙如今已不足 12 英里，还囊括了大量荒地。马可·波罗描述的那些令人惊叹的桥梁已不复存在——桥长半英里❹，两侧有大理石柱支撑着铺了瓦的桥廊。不过成都仍然有大量较为朴素的桥梁，因为穿城而过的有岷江干流，还有许多较小的支流和水道，全都活跃着大大小小的船只。成都引以为傲的

---

❶ 马可·波罗称其为 Sindin-fu，本书作者称为 Chengtu。——译者注

❷ 指张献忠。——译者注

❸ 冯秉正（De Mailla, 1669—1748），法国神父，先后为康、雍、乾三位皇帝效劳，精通满、汉语言，译著《中国通史》法语版，为欧洲人研究中国提供了基础。——译者注

❹ 此处系作者笔误，马可·波罗写的是"……这些河流有些宽达半英里……城内有一座大桥横跨其中的一条大河……"——译者注

街道铺设良好，异常宽阔、整洁。总体而言，这是一座建设良好，颇具吸引力的城市。

这里是四川总督的府治所在。四川与首都所在的直隶省同样享有军政大权合一的荣耀，四川总督比其他省份的总督更有权势，因为西南部少数民族和西藏的领土也由四川省政府管辖，可以说在某种程度上向其进贡。甚至远在印度边界附近的尼泊尔也派人向皇帝的代表送来礼物。

马可·波罗提到了成都"精美的布匹、绉纱和薄绸"。如今，当你坐在店铺的屋檐下，商人们仍然会将细腻柔软、闪闪发亮的丝绸以及巧夺天工的刺绣展开给你看，而后者正合我心意。英国总领事本人也是位资深收藏家，他先后让他认为"次佳"和"上佳"的商人来客栈见我，我从这两人处适当选购了几件，其价格更是称心如意。想象一下吧，只要 20 美分就能买到两件精美的长丝巾，或是两块方帕，上面精巧地点缀与镶嵌着黄金。这是商人们在我住的传教所索要的价钱，在总领事的府邸，要价则是 25 美分——那就是做官的代价。

我更喜欢去逛商铺，而成都的先进使得这不成问题。一片区域专门经营黄铜和红铜餐具，另一片经营动物毛皮，还有一片经营瓷器，诸如此类。成都实在是一个"捡漏"的好地方，许多人从西藏远道而来，时不时也会有一些真正有价值的中国制品从不断轮换的官员们的收藏品里流落到市场上，因此，耐心通常能换回有趣的战利品。

不过，我并未将一整天都花在一些小稀罕物的讨价还价上，尽管那很有吸引力，但我还有更重要的事情要做。对于如此深入内陆的地方来讲，成都的欧洲人团体大得惊人。从数量上说，传教士人数最多。除了罗马天主教布道团，还有英国、美国、加拿大等教会的代表，他们齐心协力，在清帝国这个偏远的角落里传播基督教和西方文明。他们最新、最吸引人的事业是按照西方理念创办了一所大学❶，这是成都的公谊会、浸礼会、卫理公会共同努力的结果。基督徒们与精干的中国人互相协作所达成的节约和效率，与他们之间的和谐相比也相形见绌。事实上，在整个中国，绝大多数传教工作体现出的智慧和努力都令人印象深刻。不论东部港口城市情况如何——我在那里待的时间并不长，在内陆，官员、传教士和商人等不同欧洲群体之间的氛围看上去最为融洽。或许因为他们不过是生活在外族之中的少数，所以不得不着眼于彼此的优点，并且能够领悟谁都不是恶得无可救药，或善得超凡脱俗。

在成都，满族人的居住区是城里风景最好的，饱经风霜的村庄点缀在散乱的花园和漂亮的树林中间，别有韵味。男人和女人在街巷和门廊上闲逛，身材高挑、体格健壮，但衣衫褴褛，因为当时正值他们命运的低谷。他们以前服役的军队已经被接受新式训练的现代化部队取代。大概三年前，他们每月的养老粮饷是四两银子，约合 2.5 鹰洋，现已被一位想争取民众支持的总督削减。尽管成都距离大海 2000 英里，却是中国最先进的城市之一，不能容忍像满族士兵和满族养老金这样日益臃肿不堪的负担。如今，成都引以为傲的有一座造币厂，所铸钱币质量颇高，还有一座大型军

---

❶ 即华西协和大学，是中国最早的医学综合性大学，1905 年由毕启（Joseph Beech）、启尔德（O. L. Kilborn）和陶维新等人筹办，1910 年 3 月 11 日正式开学。——译者注

火库和一所前景光明的大学。 眼下，成都值得骄傲的是一条新的带拱廊的街道，两侧均是商店，各种商品按照西方的方式摆放在大玻璃橱窗里。 尽管雇用了日本人和欧洲人，但这些店铺全都是实实在在的本土产业，在我看来，这一点才是成都最为进步的地方，表明了中国人能够自力更生，而不是对西方亦步亦趋。 总体而言，去年的一些事情办得相当漂亮。 这个省份比法国还大，而成都的官员每时每刻都知道旅行的外国人身在何处，我想这真实反映了其工作效率。 当然，我们只有两个人——贝利上尉和我，可要不是利用了非常先进的电报，他们也做不到这一点。 再者说，成都的警察实实在在是和平的维护者。 一天晚上，我得以目睹在他们维持下的秩序，当时我的轿夫送我去法国总领事的府邸参加晚宴，从我的住处到那里差不多要穿过整个市区。 轿夫们迷路了，用了一个多小时在各种黑暗的角落钻来钻去，最后终于在九点半——而不是一个小时之前——到了领事馆。 一路上不论大街小巷，都看不到吵闹滋事的行为，何况那还是端午节的晚上，人们都在庆祝节日。 通常情况下，中国人行事温和，他们自有其人生法则，与人活路便是与己活路。 我在北京时就见到了这样的例子。 旅馆的门对面有一大排人力车，你很快就选定中意的车夫，之后其他人就不会再往前挤了。 而要是那个车夫没有注意到你的出现，其余人便会马上大声喊他。 就在我离开后短短几周，又有群众包围了总督衙门，要求伸张正义。 即使是我在的时候，四川省暗涌的不满情绪也显而易见。 像在云南府一样，这里多次爆发大学生运动，人们抱怨新的教育体系跟老的相比不够严明，而年轻的中国确实比年轻的美国显得更自信。 就在 1911 年春，这所大学刚从学生罢课的混乱中恢复，罢课的缘起是政府的轻慢，其实则真假莫辨。

更严重的麻烦正在酝酿。富裕且有商业头脑的四川商人和绅士为（中国）修建一条将成都与万县和宜昌联通的铁路而慷慨解囊，可现在，他们听说钱款已被挥霍，铁路修建要再举外债。损失钱款已经很不幸了，更糟的是灾祸可能尾随外资而至。于是人们强烈反对新的"铁路协约"，这终成压垮骆驼的最后一根稻草。三个月以后，"四川保路同志会"发动了革命，推翻了清王朝的统治。

不过当时这些事情尚不明朗，总体而言，我在成都的逗留甚为愉悦——除了想到我的边地旅程就此结束。从今往后，我将踏上欧洲人常取之道。我还要留下太多东西。目前这个旅行队伍中，只有三人将继续伴我前行：翻译、厨师和那个云南苦力——他愿意再陪我多走一段。我向其余人支付了工钱，给了他们理所应得的小费，每个轿夫都得体而又不好意思地回答我"Thank you"，那是他们听我说而学会的。那匹矮马也不再往前走了，因为接下来的一个月大部分时间要走水路，于是我将它转交给一位爱马的传教士，希望它在新主人那里能够发挥出价值。那顶轿子在这许多星期里给了我莫大的安慰，我把它留在成都，等待时机送往宁远府供韦尔伍德夫人使用。夫人后来在辛亥革命爆发时匆匆赶往云南府，想必彼时轿子已及时送达。就连我的小狗也差一点在成都结束其旅程，因为邮政局局长提出想要一只有爱尔兰血统的狗，而我自他那里受惠良多，对此很难拒绝。可我还是无法下定决心跟我的小战友道别，于是横下心来拒绝了他。

六月初，我开始了下一行程，沿岷江顺流而下至嘉定，为期三天。我在南门外登上停泊的乌篷船时，正值夕阳西下。仔细清点过人数以确保船工全都到齐，且没有夹带非法乘客之后，船夫撑桨开船，江水载着我们，成都很快淡出了视线。

去往嘉定的行程令人愉快。我颇为疲倦，静静待着就很是享受了，因此舒舒服服地躺在我的凉棚下面，懒洋洋地观赏江岸风景从眼前滑过。山坡长满树木，优雅的宝塔仿佛为岬角戴了顶王冠，金黄的油菜花田绵延不断，白色的木质农舍从竹林、从柑橘林、从雪松林中向外窥探——宁静而有序的生活劳作，绘就了一幅美丽的图画。每天晚上，我们在某个村庄附近停泊，厨子和船工可以前往采买。通常，他们一个小时后会带着一两种蔬菜回来。江水很深，所以我们的航速很快，出发后第三天的清晨，嘉定对岸动人的红色峭壁便映入眼帘了。

第九章

峨眉山圣地

玫瑰色的嘉定城超凡的美景长存在我记忆里，它是我见过的中国许许多多（远远望去）独具魅力的城镇中最为出色的一座。城池建在突出的砂岩上，地处大渡河和雅河与岷江的交汇处。带有雉堞的红墙几乎直接自水面耸立而起，倘遇洪水，水面便高高荡起，冲刷墙基。城的西北高出水面近 300 英尺，站在城墙上放眼望去，身下是一片生机勃勃的绿色海洋，庙宇和宝塔高耸其间，向西望，目光穿过嘉定平原——它可能是中国这个伊甸园里最为美丽富饶的地方——西方更远处的地平线上矗立着峨眉山，那是中国佛教的至圣之所，唉，可惜它自山脚至山顶常常被雾霭遮蔽，因为此地常年云雾缭绕，雨量充沛，洪水泛滥。

　　向河对岸正对着城镇的巨大峭壁望去，只能依稀辨认出此地的奇观—— 一座雕刻在石壁表面高达 300 多英尺的宏伟佛像。佛像端坐安详，双手放在膝盖上，双脚——或者说双脚所在的位置——任由大渡河的激流冲刷。据传这项工程是 8 世纪时一位善良的僧人所为，他毕生致力于此，希望这虔诚的行为能防止肆虐的洪水为祸一方，于是大胆构思了这项浩大的工程，并耐心地付诸实践。然而，依旧是暴雨如注，依旧是河水漫延、良田淹没。

贝德禄记述了某次最为严重的洪灾。那是 1786 年，大渡河边的悬崖坠落，一时间完全堰塞了河道。沿河村庄都收到了预警，许多人逃往山上，但嘉定城的居民坚信大水到了开阔的平原会四散开去，因而对警告嗤之以鼻，连"水来啦"的喊声也成了一时的流行语。还是听听贝德禄接下来的叙述吧：

> 收到预警通知后几天，嘉定恰逢节日，那通常是人们聚会的日子，无忧无虑的群众大多被吸引到河边的平地上观看戏剧表演。演着演着，一名演员突然停下来，目不转睛地盯着河面，惊恐地喊出人们已经熟悉的那句话："水来啦！"带着惟妙惟肖的恐惧再讲一遍那个老笑话——在找乐子的人看来就是这样——招来了哄堂大笑。然而，回荡的笑声却被洪水的咆哮淹没。人们向我描述一张张脸上的欢快表情怎样变成了惊恐。大水如墙面一样席卷而来，夺去了 12000 人的性命。

在嘉定时，有一天我渡河去近处观看大佛，然而想看个仔细却非常困难。悬崖脚下的水流如此迅猛，船夫能做的充其量不过是不让我们撞到岩石上，若是自上往下观看，悬挂的灌木和草丛几乎将大佛遮蔽得严严实实。山顶上有座寺院颇为有趣，名曰"水音寺"。我在那里逗留了一小时，兴致勃勃地在荒废的花园里闲逛，浏览寺院的珍藏——一大批雕刻在石板上的绘画和碑文皆为过去的著名访客所作，有些甚至可以追溯到宋代。其中有技法高超的风景，其余的不过是一朵花或一丛繁茂的灌木，但全都用装饰性的汉字题写了经典语录。我花一块鹰洋从寺僧那里买来一捆这些雕刻的拓片，非常精美。在另一座寺院的陈列室里，整齐地排列着佛祖最优秀的信徒——"罗汉"的塑像。五十余尊真人大小的塑像姿势表情各异，非同凡响，其中一些着实令人赞叹。可是清洁和描绘塑像的匠人在工作时对他们毫无敬意。有一句中国谚语是这样说的："塑像者不敬神，知其所为何物也。"

嘉定的诸多乐趣之中亦有一缺憾，那就是气候。当地多数时候高温潮湿，在那种环境下生活和工作是对意志的考验，我想常驻此地的欧洲人都深有体会。嘉定有两个值得骄傲的基督教新教的传教会——美国浸信会和加拿大卫理公会。两者都配备了良好的学校和医院，都致力于嘉定的改变——无论是身体上还是精神上的。我造访之际，他们正同英美烟草公司的代表进行一场艰苦卓绝的竞赛，双方都在城里张贴告示，或阐述吸烟的害处，或宣扬吸烟的益处。

嘉定是启程前往30英里外峨眉山的上佳地点，我在这里停留的时间足够充裕，为旅行重新整理了装备并雇用苦力。我得以再次通过筹备工作见识了中国人的长处。嘉定城里每个区域都有苦力行，你要是跟合作的苦力行闹翻了，就等着遭殃吧，你到别处也难以获得服务。幸运的是，我的东道主跟相关的苦力行关系很好，经过一番友好而冗长的讨论，我获得了满意的人选。

我们从嘉定启程时正下着雨，一下就是一整天。尽管如此，一出西门我就把自己的封闭式轿子换成了一个专门为爬山设计的、带有转动搁脚板的简单竹椅。当然，它无法遮阳挡雨，但也不会阻碍视线。中国人钟爱的封闭式轿子对我而言难以忍受，那是一个前面半封闭的闷盒子，只在两侧开有小洞。话又说回来，十五年前，那是欧洲妇女唯一能乘坐而又不会被聚拢骚扰的交通工具。

头一天从早到晚，我们一直在穿越美丽的嘉定平原，许多江河溪流交织并灌溉着这片土地。小路在美轮美奂的玉米田和果园之间蜿蜒穿行，浓密的栎树和桑葚遮蔽着看上去丰裕富足的小村庄。这里理应是繁荣之地，因为它不仅自然资源丰富，成群结队行经此地前往圣山的香客也必定会为这里的村镇带来大量财富。

起初，我们走在大渡河上方，后来穿过了雅河——它现在水流迅疾而平静。再往前，走到以丝绸闻名的苏稽❶小镇，便来到了峨眉河边，它发源于峨眉山的矮坡处。此后地貌更加崎岖，但处处是同样的精耕细作，四面八方都能听到水流溅落的声音和巨大的波斯式水车发出的轻微嗡嗡声，它们正把水流送往干旱的田地。时不时地，我们也看到男人们脚蹬一种较小的水车，灌溉更高一层的土地。

陈家场❷是峨眉县以东几英里的一个小集镇。我们穿过绿油油的稻田向它走去。小镇的墙壁闪着白光，映在大山黑黝黝的背景上，如画的美景令人陶醉。走入宽阔拥挤的街道，我们发现寺庙对面的大厅里正上演戏剧表演。苦力们去喝茶的时候，我加入了戏台前的人群。戏台比街道高出几英尺，戏剧是颂扬本乡贤德的，超出了我的理解范围，不过演员的演技非常好。这类表演深受中

---

❶ 苏稽（Süchi）镇，今四川乐山市市中区的千年古镇，乐山丝绸的主产地，以其出产的"嘉定大绸"闻名。——译者注

❷ 陈家场（Chen Chia Ch'ang），音译。——译者注

国人喜爱。演员通常由乡民供养，而有人告诉我，转信基督教的人之所以不受欢迎，多半是因为他们不愿意向这种以盲目崇拜为特点的表演进行捐赠。

我们在峨眉县过夜，这个镇子的存在似乎就是为了能让成千上万的朝圣者在登山之前最后一次驻足休息。考虑到许多藏族人在春天途经此地，我突袭式地造访了这里的店铺，可除了找到两件不错的中国青铜器外一无所获。和店主谈不拢价格，我便离开了，让他好好考虑一下。等我再回来时店主出去了，他妻子不敢解锁他的箱子，尽管我答应了他原来的开价。就在我和我的同伴劝说她时，暴雨倾盆而下，但一群人围拢上来表示同情并给出建议。若是丈夫发现她丢了桩生意，难道不会比违抗命令更令她倒霉吗？一切都是徒劳，我两手空空地离开了。当夜雨声如铜器作响，唉！却非我心之所想。

通常在这种小地方，女性似乎在生意上发挥着积极作用。我也听说男人在大生意拍板前，常常希望跟妻子商量一下。尽管有许多不利因素，中国女性还是能以其天生的理智和坚强打动外人。我也期待一旦机会来临，她们能在其民族发展过程中发挥更大的作用。

次日清晨我们出发时，天又下雨了。实际上，我好久没有感受到真正的干燥了。不过，阴沉沉的天气跟这里淡雅的美景堪称绝配。这个地区介于峨眉县和峨眉山脚之间，有着林木茂盛的小径和峡谷，卷着涟漪的小溪两岸开满了鲜花，精美的石桥跨越湍急的峨眉河，巨大的榕树悬垂在红色庙宇上方，还有就是高高在上、暗沉沉的神秘大山，在我们头顶 10000 英尺的地方托举着它的王冠。是不是前往这魅力名山的每位香客都能踏出一条更美的小径？朝圣者真是数不胜数，有男人有女人，都穿着最好的衣裳，脸上闪着兴奋的光芒，仿佛过节一样。朝圣的人中几乎没有儿童，但有些一大把年纪的老人，还有很多女性勇敢地迈着小脚蹒跚前行。不过，更多的还是年轻男性，或许他们是作为最有能力达成其家族义务的人被挑选出来的。他们看上去大多来自富足的农民阶层，过于贫困的家庭无法负担朝圣之旅，至于富人——如今的有钱人还会去朝圣吗？朝圣者都背着一个黄袋子（黄色是佛陀的颜色），装着一捆捆去圣地烧香用的香烛，腰间缠着一串串现金，用以支付路费，僧侣和乞丐同样需要打发。

大约一个小时后，我们离开开垦过的山谷，进入了荒芜的峨眉峡谷，再后来，小径一路向上，穿过茂密的白蜡树、橡树和松树林。路越来越陡，经常就是几百级粗陋的台阶，我们时而滑倒、时而吃力攀爬。雨水顺着树枝滴下来，小溪从山边飞奔而下。我们已经把平原的酷热抛在身后，而在这森林屏障之中，空气又暖又闷，可没有什么能消减朝圣队伍的热情。少数朝圣者坐着抬椅，我自己早就从竹椅上跳下来了，尽管老刘抱怨说："要是不坐，干吗租它呢？"他对自己的安逸相当享受，但要是我步行，他就会抱怨坐轿——也许是他的轿夫抱怨。有些上年纪的步行者——男女都有——被苦力背着走。苦力的背上绑着一块木板，那就是他们的凳子，看上去非常非常不安全，我会更信任自己的双脚。可我终究没看到发生什么事故，而我自己却在下山时多次跌倒。

峨眉山的故事肇始于有文字记录以前，神话和传说自然不胜枚举。如此雄伟壮丽的景色如同奇迹从平原拔地而起，一定让低洼地区的居民满怀敬畏和恐惧。而以他们的想象，无疑会用原始的幻想填满这无法企及的高山和阴郁幽暗的森林。山的北面起于植被茂盛的缓坡，升至平原以上近乎 10000 英尺的高度；而在南面，山顶止于一块巨大的悬崖——几乎有 1 英里高——而后急转直下，宛如被巨人之剑生生斩断。

或许最早的彝族人曾于此处拜神，他们的传说中仍然有它的身影。汉族的传统可追溯到四千年前，当时虔诚的隐士在峨眉山上定居。有个故事讲述黄帝为了长生不死也加入其中。如今，佛教是峨眉山至高无上的主宰，众多庙宇中只有一座道观。据传，在佛教影响中国之初，普贤菩萨通过所谓"佛祖显灵"的奇迹向一位出游官员现了真身，从此以后，峨眉山成了中心，传授佛教的星星之火从这里散播全国。

峨眉山现在为宗教所掌控，除了散布于各个寺院的两千名僧人之外，山上居民并不算多。每个能够落脚的侧岭或山垛都被寺院占据了。每个寺院都有自己的供奉对象，而我相信，要完成峨眉朝圣，一定要在六十二座宝殿前都烧了香才行。从某些朝圣者坚定的表情来看，他们决意用尽可能短的时间来完成这一隆重的巡访。事实上，他们几乎是在这危险的阶梯上竞速攀登。为了节省开销，有些人一天走完了起于峨眉县、长达一百二十里的上坡路。我听说，甚至裹脚的妇女有时也这样做。要不是我亲眼见过这些伤残的可怜人长途跋涉，再可靠的人说出来我也不会相信。

因为并不急于赶路，我们便在万年寺过夜，它是峨眉山上最大的寺院之一，有记载的历史可以追溯到 1500 多年前。我们受到了热情的招待，因为外国人被拒之门外的日子已成过去，寺院正热切寻求他们的赞助和捐款。我们的住处连着一个内庭，既宽敞又相当干净。查看过住处之后，我立即去欣赏这里的景致，因为这里林木浓密，日光早早就会褪去。像其余寺院一样，万年寺乃朴素的木质建筑，无法与山下平原上带有飞檐的华美建筑相提并论。老实说，它让我想起了打箭炉的藏传佛教寺院，而事实上，每年春季数以千计的藏族人会赶往此地，山间萦绕着他们神秘的咒语"唵嘛呢叭咪吽"——其频繁程度仅次于汉族的"阿弥陀佛"。

我的住处后面是另一座建筑，也是这寺院的一部分，里面隐藏（而非展示）着寺院的珍宝。一座巨大的普贤菩萨塑像通体铸铜，趺坐在真实大小的象背上，这是峨眉山上最惊人的古迹。尽管塑像铸造于9世纪，这令人赞叹的作品直到20多年前贝德禄造访此地时才为"蛮夷"所知晓。他说这可能是"现存最古老的大型铜铸塑像"。很遗憾，至今无人得以为这令人瞩目的作品拍摄一张满意的照片，不仅仅因为它周围有石栏围挡，而且整座塑像被放置在厚重的砖石建筑里，其墙壁厚达12英尺，以保护塑像不受风雨侵袭，但也让其难见天日。

万年寺还有一件更乐于示人的珍宝，即所谓的佛牙，重约18磅。僧人将佛牙拿给我看时，朝圣者们一脸虔诚地注视着它。而当我对于这枚巨大牙齿的拥有者的身材表示出惊讶时，僧人露出了心照不宣的表情。或许他们跟我一样，知道这是一颗大象的臼齿，但未能免于利用无知者的轻信。

出于对僧侣们情感的尊重，我没带鲜肉上山，而山上自然无处获取，所以我吃饭也是因陋就简。尽管一旦有肉，人们通常会毫不犹豫地吃起来，但僧人们严格遵守佛教不杀生的戒律，他们默许外国人把肉带到这清心寡欲之地，甚至是带上山来，也是不得已而为之。不过，他们也竭尽所能地做出弥补，送来一盘盘的中式甜点、甜果仁、姜和干果。晚餐后，一位年轻僧人在我的火盆边坐了很长时间，他一边逗杰克玩（他从没见过这样的狗），一边问了许多天真的问题：我在写什么？我怎么生活？我离开后去哪儿？我丈夫在哪儿？——到处都有人问出同样的问题，不论是在肯塔基山区，还是神圣的峨眉极顶。

次日清晨我要离开的时候，"缘簿"被适时地放在了我面前。这是一个大册子，供人写下自己的名字和捐款数目。我事先得到过警告，知道自己要捐赠什么，尽管他们用其他访客的慷慨捐赠来提醒我，我也不为所动。我还听说这里的人会改动数字以达目的，因此这种花招对我也不起作用。

第二天，我们费了好大力气才精疲力竭地走完一段几百英尺高的石头阶梯，到达山顶。那阶梯跟最陡峭的阁楼楼梯一样陡，仿佛怎么也走不到头。多数时间，我们置身于密林之间，只偶尔走到一小片空地上。可即使没树了、该有风景了，也是一无所见，因为浓雾把上上下下都遮住了。我们路过的寺院数不胜数，看上去多半香火鼎盛、获资颇丰，他们一定从不计其数的朝圣者身上收获了可观的现金。处处都在施工，预示着财富可期，更表明新遭了劫难——此地火患太过频繁，只有挥之不去的潮湿，方可使整座山免遭大火洗劫。

一些寺院让我感兴趣的除了其他的方方面面，还有其名称。你从"华严顶"登临"白云寺"，在"息心所"休息，然后经过"天门"进入"极乐寺"。

愈近山顶，森林愈稀疏，最后只剩下低矮且丛生的松树、栎树、矮竹以及一片片杜鹃花。终于，我们来到一大片空地上，此时，阳光正冲破云层照亮寺庙顶上的圆球。这就是"金顶"，一组木结构建筑，略显低矮，风格相当内敛——我正打算在此投宿。进入敞开的大门，对面是一座大圣坛，礼拜的人们正躬身行礼，我们的到来造成的喧闹丝毫没打扰他们。圣坛两侧的台阶通往一个大庭院，庭院种满了草，四面都是平房，有宽阔的走廊相连，再往后，陡峭的台阶通往高踞在那块巨大悬崖边上的一座大殿。

一位年轻僧人前来迎接我，彬彬有礼地领我看了客房，并允许我在最为幽静的角落里挑选了两间——一间我住，另一间给翻译和厨子，而苦力们则在附近安顿下来。我的房间虽有真正的玻璃窗——这一点我非常喜欢，却看不到风景，因为外面是一个陡坡。话又说回来，起码它有一扇门通向外面，能让我来去自由。家具是普通的样式，只是状况较好；床和桌椅都很笨重，但一切都干干净净、香气宜人，让人颇感意外。

在这座位于中国至圣之山极顶的佛教寺院里，我度过了宁静的三日，满足于融入周围简单的生活。"金顶"寺是峨眉山上最大、最兴旺、管理最好的寺院之一。一切都安安静静、井井有条。规章似乎执行良好，也没有发生我在万年寺遭遇的很不体面的索捐行为。寺里有一位住持、二十五位成年僧人及其弟子。白日里，俗家和佛门的朝圣者来来往往，小钟便不停地叮当作响，那是向佛祖提醒朝圣者的到来。有些是远道而来的僧人，或许来自遥远的西藏，为了自己或所属的寺院"积德"而完成了这了不起的朝圣之旅。本地寺院多会向这些来访者提供峨眉山的草图或详图，并正式盖上本寺印章作为完成朝圣的证明。在我离开时，同样的证据也被适时盖上金顶的印章交给了我。

每一天都像前一天，宁静而充满乐趣。我期盼着见到这个季节该有的好天气，尽管雾气一早就席卷而来，遮蔽了平原，但雨几乎不下了，晨昏的景色美轮美奂。每天清晨，我在日出之前就出门了，站在位于高处的大殿台阶上，用陶醉的目光观赏西方的地平线逐渐浮现。100英里外绵延伸展的是藏地的雪峰，其山顶刺破了天空。从尘世到天堂似乎只一步之遥，而要迈过那一步，需要将多少美景抛在身后！向后跨两大步，你就站在了那块巨大的岩石边上，满心敬畏。此处的魔力令人难以抗拒，不知是因为你向下直视黑漆漆的深谷，还是因为巨浪般涌上来的浓雾温柔地引诱你走向注定的死亡。难怪这里被称作"舍身崖"，那些厌倦了生命轮回的男男女女，为了挣脱羁绊，奋力一跃，跌入下面的深渊，去寻求"大解脱之宁静"。

白天，无时无刻不有朝圣者站在装了栏杆的悬崖边，穷尽目力鸟瞰身下的万丈深渊，或是望向天空，想一睹"佛光"——一种迄今仍未解释清楚的奇观；它或许跟布罗肯现象❶类似，但对于虔诚的佛教朝圣者而言，这就是峨眉山至高无上的奇迹。

向北、向东望去，你能看见在接近10000英尺的脚下，四川绿色的平原和银色的河流绵延伸展。南面矗立着黑色的高峰和山脉，其北面又有高大的桌子形状的瓦山❷支撑——无论是高度还是神圣

---

❶ 布罗肯现象，即气象学中的光环（Glory）现象。在德国的布罗肯山，经常有此现象发生，因此得名。中国人称之为"佛光"。——译者注

❷ 瓦山，即瓦屋山，位于眉山市洪雅县境内，是中国道教的发源地，也是亚洲最大的桌山。——译者注

"舍身崖"——四川西部峨眉山高达一英里的悬崖

程度，它都仅次于峨眉山。

头一天还未过完，所有人就都已适应了我的存在，我进进出出不会引起任何注意。我的需求能得到满足，有一两个小徒弟长时间待在我的客房里，要么打理火盆里的炭火，要么跟杰克闹着玩，要么大嚼特嚼甜点——甜点的供应一直都有。他们都是好小伙儿，没打扰过我。其他人也几乎没扰过我的清静。在大庭广众之中生活了一个月后，这真让我感到欣慰。

在此逗留的第二天，我参加了一场早课，就在我住处附近的下殿里。一共有12位僧人参加，住持身材高大、仪表堂堂，其余人等也都面貌和善，与打箭炉外表粗野的喇嘛大相径庭。早课让我想起了罗马天主教的仪式——列队、跪拜、吟诵、焚香、燃烛、敲钟—— 一切都围绕着巨大的释迦牟尼佛像进行。我不理解他们的言辞，但这些僧人表情虔诚，缓缓绕行时姿态整齐，始终以裸露的右肩朝向佛像，使得这场早课非常感人——尽管有小徒弟在胡闹，也有过往男女高声交谈。

我依次拜访了附近的寺院，但其中少有能让人提起兴趣的了。山顶曾数次遭焚毁，最近的一次约在20年前，因此山顶的所有建筑都是新建的。最著名的铜殿建于15世纪，多次被雷电击中后终于损毁，再也没有恢复原状，这也证明"闪电破坏，诸神修复"的流行说法并不正确。遗留下来脱落的残片非常精美，它们制作于成都，许多都非常沉重，如何被运上山来堪称奇迹。在我们上山的小路下方不远，是那座锡瓦殿。锡被认为是佛教朝圣者唯一能使用或拥有的金属，所以锡瓦用在这里再恰当不过。

然而，此地的魅力终究不在于这座建筑或那件遗迹，而在于其优美的环境，在于常驻于斯的宁静心灵。不必跳下悬崖去获取肉体的解脱，而是在高高的山顶，置身于这些单纯的人中间，平原生活的种种牵挂和烦恼便似乎大大减少了。如果说我是作为观光客来到了这里，那么我是带着朝圣者的心情离开的。抛开拥挤的小路，我在西坡的松树下度过了一大段幽静时光，一直面朝向大山的方向。有时，云雾将山藏得严严实实，有时只有一座山峰露出头来，然后，或许只有那么一刻，雾霭飘过，白雪皑皑的山顶轮廓清晰可见，像是伫立的城墙，这城墙属于一座伟大的城市——上帝之城。

最妙的时刻还不在白天，而在夜里。僧人们入睡很早，到晚上十点，钟不响了，灯也熄了。我的时刻到来了。我溜出房间，偷偷爬上山坡，来到向外探出的悬崖边缘。风渐停歇而鸟不鸣，没有一丝声响打破这幽深的寂静。我的脚下是深渊，西边是层层拔高的山峦，而月亮的白光笼罩着这一切。附近，几百名朝圣者正在硬板床上熟睡。日复一日、年复一年，他们登上这些陡坡以寻求宁静与帮助，他们的希望寄托在燃烧的线香、叮当的钟声和神秘的咒语上。在西方，另一些朝圣者像他们一样拘泥于教义和形式的迷宫。而就在群星中间，在这空旷寂静的白夜里，人类创造的诸神似乎消失了，当时间终止，希望清晰地凸现。

这一天终于来了，我不得不告别峨眉奇景。我们储备的物资几乎耗尽，苦力们的线香也都烧完了，于是我同善良的僧人们道别，动身下山。我们出发时阳光普照，但随着我们往山下走，乌云开始集结，接着大雨滂沱。每一截又陡又直的台阶对我们的双脚来说都是陷阱。我们手脚并用、一步一滑地往山下走，没有人逃避。树林里回荡着欢快的喊声："小心喽，阿弥陀佛！抓紧哟，阿弥陀佛！好，走吧，阿弥陀佛！"慢慢走是不可能的，你要么站着不动，要么往前冲。女人们一边瘸着腿跟跟跄跄地走，一边兴致勃勃地对我的大脚指指点点。我敢说她们的痛苦完全被彼此双脚大小的差别抵消了。

我们浑身湿透地到达峨眉县时，天几乎黑了。我让人给苦力们生了一大堆火，我们最后一次友好地围坐一圈。第二天穿越平原返回的路程一如既往地魅力无穷，不过低地湿热的水蒸气很是令人沮丧，因此我们都乐得乘船走完最后二十二里路。

我在嘉定多待了一天，造访了一两座寺院，并为顺流而下前往重庆的旅途做最后准备。在一位美国传教士的帮助下，我明智地选择了一条舒适的乌篷船，并为此支付了 25 鹰洋。船上设施一应俱全，配备了七名船工，包括船老大的妻子，另有一条名叫"秃尾巴"的小狗。傍晚时分，我们沿江而下。急流几乎将我们摔在大佛脚下，也正好让我们再看一眼大佛，最后再看看这座美丽的城市——满眼全是粉红和鲜绿，我旅途中精彩的一章结束了。仅仅三个月之后，嘉定燃起了革命之火，是整个四川第一个宣布施行共和的城市，有许多激烈的角逐在其蜿蜒狭窄的街道上演。

第十章

沿长江而下

三个月的劳顿之后，我很高兴能盼到十来天的安逸，因为乘船或许是最奢侈的一种旅行方式了。在长江上，即使是当地一条简陋的小船，也能带来许多快乐。你舒舒服服躺在自己的床上或坐在椅子上，想停就停，想走就走，既不赶路，也无喧嚣，穿越多姿多彩、变换无穷的风景，那景色时而精巧细腻，时而原始广袤。

　　我的小舱房位于船正中，船工和我的随从在两端，以草垫和布帘隔开。尽管我的舱房位于往来的必经之路，但大家总是尊重我的隐私，未经允许从不进入。舱顶的设计别出心裁，让我能舒服地躺在行军床上看两侧河岸向后滑行，不过当天色向晚、太阳快落山时，我通常会坐到船首，欣赏绵延的河岸全貌。刘厨师自备了一个水泥制的小炉子，用它为我准备可口的饭菜。他跟云南苦力、翻译还有船工们打成一片，很是融洽，我也再次被中国真正的民主精神打动，这已经远不是第一次了。翻译在社会地位上要比其他人高几个层次，但是他并不抵触与他们交往，有好几次旅店客满，他都跟苦力们共用房间——不过，他也总是得到很好的照顾。船老大的妻子也未自寻清静（想在一条 30 英尺长的乌篷船上这么做也着实困难），一整天，我都能听见她跟男人们你来我往、欢快地闲聊。

顺便提一句，我乘船而下的这条岷江的名字是欧洲人起的，可能是源自耶稣会会士，即第一批在四川定居的西方人，中国人并不熟悉这个名字。当地人有时称呼它为"府"，因为其岸边有三府：成都府、嘉定府和叙府❶，有时又称其为"大江"，把它当作长江的上游。

不管其称呼为何，江水自嘉定以下流经区域的地势陡然开阔，风光微微有所变化。两岸缓坡精耕细作，种植着玉米和油菜。在一丛丛榕树、竹子和柑橘树后面，隐隐露出一座座不知名的小村庄，黑色的木屋、红色的寺庙，宛如画作。接着，山势向河面收紧，水流仿佛在引水渠中。凸出的山岬顶上，往往坐落着一座多层白色宝塔。一面悬崖上时不时能辨认出一些洞口，我知道那是很久以前一个不为人知的民族神秘的居所，这在嘉定随处可见。我曾经参观过一个改造成微型寺庙的岩洞，某个地区就有好几个类似的。想必这种岩洞只在这个地区才有，其挖掘技术高超，有迹象表明它受到了印度风格的影响。对于这些岩洞的猜测不一而足，贝德禄的结论是，"这些岩洞是尚未考证的民族出于无法解释的原因于未知年代挖掘的"，迄今为止还没有比这更好的解释。

现在水位正高，水流载着我们快速前进。但我并不急于赶路，于是我们一再停顿，我便借机沿着河岸伸展一下腿脚。夜里我们总是靠岸，而要找到一个大家都满意的地方却颇费周折。我喜欢

---

❶ 叙府，今四川省宜宾市。——译者注

安静通风的地方，船工们却希望有机会去采买或游览。有时如我所愿，有时是令他们满意，不过我想他们尽了最大努力来满足我的突发奇想。

一天晚上，按照他们的想法，船停泊在一片卵石滩上，与大约四五十艘中式平底帆船和小船为伍，"秃尾巴"跑丢了，我们不得不全体出动进行大搜索。跳板一放下，我就上了岸，两只狗跟着我。天色渐黑，我坐在不远处一块石头上，杰克蜷缩在我身旁，另一只狗则返回船上去了。不久，我看到男人们上了岸，打着纸灯笼来回走动，还大声发出长长的呼喊。小狗不见了，他们担心他被藏在了周围的某艘船上——据说有人喜欢偷小狗。我问，要是我跟他们一起沿着河岸走，他们大喊我在找狗，会不会有所帮助？他们说肯定会的。于是我们游行般地晃着灯笼沿着一长串帆船走来走去，边走边喊——不是朝着帆船上的人，因为必须顾及"面子"，而是对着小狗喊——"哎，秃尾巴，快回家，哎，秃尾巴，快回家，洋鬼子在找你。"旋即，从我们船上传来一声欢呼，秃尾巴走上船的跳板，在黑夜的掩护下悄无声息地回来了。船上的人高兴坏了，说多亏了我，因为人们不敢偷外国人的。

告别嘉定三天以后，我们看到了叙府，它坐落在岷江和长江交汇处的一块岩坡上，风景如画。上次我在400英里以西的龙街村渡过长江，现在这条大河起了多大的变化呀！当时它狂怒着向前突奔，为险峻的峭壁所围堵，被岩礁啃咬成碎末儿。如今它宽阔深沉，安静地流过长满草木的柔软堤岸，以其劲流承载着许多小舟。

繁华的叙府是所有前往云南的陆路交通的起点，其街道宽阔漂亮，敞开的商店里摆满了水果蔬菜。可是，你需要对河水的清洁能力具有相当大的信心，才能忽视河面的景象——洗菜和洗脚在那里并排进行。至于水果，它们摘下来时都是青的，在中国通常是这样，我不知道原因何在。有人说中国人就喜欢这样，还有人说要是让水果挂在树上，不等到长熟就早已被偷走了。可是说老实话，中国水果的优点好像全在其外表上。我从没见过比四川的桃子更好看的了，但其实它们不仅有虫眼，还毫无滋味可言。显然，中国人已经掌握了所有能够自学的知识，水果种植是这样，其他方面也是如此。如今，假如他们想要进步，就必须开始借用——除了借钱，还要借更多其他东西。我很高兴听说雅州有一位传教士同华盛顿的农业部联系紧密、互通有无，这样做定会互惠互利。

从叙府到重庆接近 200 英里的路程，我们走得正当好时候，气候宜人，江水高涨，没有湍流的困扰。景色迷人，一如既往，然而，我因为无所事事而感到厌烦，因此当重庆带雉堞的城墙映入眼帘时，于我正是解脱。我付钱打发了船工，无论从哪方面讲，他们都信守了承诺（这次没有书面协议），一小时以后，我已经乘渡船过了江，再次被抬着爬上长江南岸陡峭的小山，受到朋友的朋友们的亲切欢迎，前往他们高高在上的夏日避难所，远离了江谷烦人的溽热。

重庆被称作华西的芝加哥（华东芝加哥的称号则归于汉口名下），是簇拥在嘉陵江与长江汇合处三座城市中的一座，有着近 50 万人口，这让它轻松地占据了主导地位。从上游接近这座城市的体验甚是震撼：灰色的城池高踞在庞大的灰色礁岩上，被带有雉堞的灰色城墙牢牢地包围着。城墙外狭长的江岸上布满了简陋的、摇摇欲坠的建筑，江水一旦上涨，它们便会被轻易卷走，要是不及时拆除，早晚也会被水冲走。一段段宽阔而陡峭的阶梯从江边延伸到城门，几十万人的用水都是通过这些台阶一桶一桶运上去的。

1895年，重庆被宣布为开放的通商口岸。自那时起，其经济便真正按照现代方式突飞猛进，发展前景似乎不可限量，因为它处于对内地经济的控制地位。一队队帆船密密麻麻地沿着江岸停泊了三排，而城墙内的几十万人更是拥挤不堪，因为重庆城所根植的岩山制约了它向外扩张的空间，而城内城外每一英寸的土地显然已被生者或死者占据。在其他任何地方，我都没见过如此拥挤的街道，在其他任何地方，传教士也都不会住在如此狭小的空间里，而长达数月的湿热只会让这种禁闭更加难耐。

重庆大规模的外国人团体由多个部分组成：传教士、商人，还有海关、邮政局和领事馆的公务人员。城外江面上停泊的通常是英国、法国和德国的炮艇。所有这些人的关系似乎比在其他一些通商口岸更加友好互助。同样，重庆的欧洲人与中国人也保持着异常友好的关系，这或许部分归因于贸易先驱阿绮波德·立德 ❶ 为商业团体所设立的良好规范——立德在重庆成为通商口岸之前八年就大胆地在此立足。至于中国人，他们似乎对西方人提供的东西来者不拒。其实，重庆已经明显具有领先的氛围。它已经按西方的模式举行了一场商业展览，并且正在计划下一场，它现在采用电力照明，还自豪地拥有上海以西最好的工厂——那是为了同成都的铸币厂和军械厂抗衡而建的。事实上，重庆和成都这两座四

---

❶ 阿绮波德·立德（Francis Archibald Little），英国商人。——译者注

川城市之间的竞争颇具西方特点，让人联想到芝加哥和圣路易斯的关系。

作为纯粹的贸易中心，重庆缺乏省会所具有的某些福利，但是商人阶层在这里大有作为，并以其智慧和创新而闻名。承蒙英国公谊会陶维新先生的好意，我有机会与这一阶层的人士接触，还见识了他最近发起的一项有趣实验。他意识到让这一具有影响力的阶层了解基督教文化的精华是多么重要，但也清楚通过正常的传教活动接触他们相当困难，甚至几无可能，于是他想到一个主意，发起一个社交俱乐部，让有一定地位的人——不论是不是基督徒，是欧洲人还是中国人——能平等交往。该计划一经实施便告成功。一座漂亮的房子建了起来，配备了报纸、图书、游戏用品和博物馆的初步装置，这主要得益于在重庆的一位中国绅士。这个城市最成功的一些商人聚集在阅览室和娱乐室里社交、讨论，偶尔也就 X 光、肺结核等最新话题举办讲座——最近一期是关于美国宪法的。现在，除了周日，俱乐部白天和晚上都开放，并且已经在重庆的城市生活中产生了影响。

陶维新先生好意邀请我去参观"友人协会"（这是俱乐部的名称），并与管理协会的几位中国委员见面——协会事务被尽可能地交由当地人管理，这样做非常明智。我与这些绅士们愉快地交谈了两个多小时，他们对外界事物浓厚的兴趣给我留下了深刻印象。所有人都是我不曾见过的类型，斯文、端庄、富有好奇心，讲究中国绅士烦琐的礼节，又没有某些官员的懒散与傲慢，他们身上也看不到西方的影响。他们不是在模仿欧洲，而是学习如何成为一个面貌一新、优雅体面的中国人。其中有协会的主席杨先生——

一位杰出的重庆商人，还有周先生——大清邮政局年迈的负责人，他的职位现已被另一位协会成员接替——后者我也见到了。我离开时，他们都非常礼貌地送我坐上轿子，路人则停下来诧异地瞪大了眼睛。就我所知，这个俱乐部的设立是传教活动的新起点，它向通常排斥教会宣传的一个阶层展示了基督教文化的精髓，是个合乎情理并有望成功的方法，值得大力支持。

在重庆，我告别了从云南府陪我一路走来的那位忠诚可靠的苦力。不论作为挑夫还是厨师的助手，他都能胜任；实际上，好几次当老刘身体不舒服时，都是他为我做饭，他侍应餐桌的能力变得如此娴熟，以至于平添了抱负，正设法在饭馆谋个差事。我为他写了张"条子"，就是推荐信，希望能帮上他的忙——假如他找的人能看懂的话。至少我尽可能地为他增添了可信度。在东方，没有"条子"简直是寸步难行！各色人等为了各种用途（甚至毫无用处）前来拜访你，请你写条子。有那么一次，为了一条失而复得的项链，我不得不面对一大堆请求，凡牵连到的人都想要张条子，哪怕只是沾了一点点边，他们包括旅店主（失窃是在这店里发生的）、旅店经理、职员、仆役、警察头目、普通警察。最后，出于绝望，我给小偷也写了一张，说明他归案迅速。不过，我认为最奇怪的请求是替一个印度王公雇的驯虎人写条子。我起初反对，并说自己对这种事情一无所知，可他非要我答应不可。鉴于他已经将那头大型野兽带到了我住的小平房，并已训练到能从我放到它面前的瓷碗里喝牛奶了，我同意把他作为驯虎师加以推荐。不过对于我的云南苦力，尽管明知他吸食鸦片，我还是心甘情愿地写了封信替他美言。他伴我走过这长长的旅途，其间我未曾发现鸦

中国漫行记：从山野密林到戈壁荒漠

片有损于他的才智或体力。我听说这样的长途跋涉一点都不少见，苦力们有活儿就接，一直干到新的机会出现。尽管清朝政府有各种各样的缺点，却还没愚蠢到对人民的流动做出人为限制，因此，中国境内无需通行证，人员往来随心所欲。商旅人士对于塑造美国的形象所起的作用已是有目共睹，谁能预言中国苦力同样的行为会带来怎样的结果？

我不得不在重庆为前往下游的行程做准备。我可以搭乘舒适的新式汽轮，它在重庆和宜昌之间定期往返，可它走得太快，非我所欲，而且中间也没有机会上岸。我也可以雇一艘船屋，但这个季节所需资费不菲，因为它可能要等上几周才能返航，最优惠的价格也要一百两银子。因此，尽管实际上"没听说有人那么走过"——或许也正因如此，作为一个"没听说过"的人，我决意再次选择简陋的乌篷船。在公谊会一位基督教助手的努力下，我找到一条非常舒适的小船，能把我和我精减后的随从载到宜昌，价钱是 25 鹰洋。小船一切尽如人意，船长（或叫"老板"）经验丰富、为人热情，不巧的是跟大多数情况不同，他不是船主，更不幸的是，船主中的一位（年岁颇大的老人）也在船员之列。我有时会有一种不安的想法，那就是谁说了都不算，虽然最后什么事都没发生。

六月底一个晴朗的正午，我启程顺江而下，刚过 48 小时多一点就到了三峡口的夔府❶。这个地区大部分是起伏的坡地和闲适的农舍，间或有小村庄或繁忙的集镇点缀其间。路尽头是奇怪的金

---

❶ 夔府，清末夔州府府治奉节（今重庆市奉节县）。——译者注

字塔状小山，仿佛给这幅风景画镶上了边框。我们顺着激流匆匆前行，在龚滩河❶口的涪州停留了一个小时进行采购（一种称作"歪屁股船"❷的、形状奇怪的小船可在龚滩河上通航150英里），又在万县停下来采买（万县以其柏木帆船闻名），接着路过云阳县（县城有宽阔的街道和漂亮的寺庙），途经玉皇山（在那里花上几个钱，你就能得到一张直通天宫的通行证），又经过磐石城（那是一座300英尺高的奇特岩山，突起于河岸之上，山顶建有一庙，庙内令人生畏的绘画展现了阴森的地狱），穿过观音滩和耀龙滩以及其他几个小险滩——我甚至都不知道它们是险滩，因为水位一高它们就消失了。打着漩儿的河湾面目狰狞，昭示着夏季特有的危险——大漩涡。夜晚非常热，我们想尽办法通风——只有那样才能睡成觉——却都白费力气。在此之前蚊子几乎没带来什么麻烦，可现在它们整夜都在我蚊帐外面唱歌，而可怜的船工们毫无防御，被其剥夺了来之不易的睡眠，在帘子外不停地拍打，好似伴奏。江水再次下降，留下了长长的泥滩，要是我想下船换个环境，就得爬到泥滩上去。不过，趁船工们做晚饭、吃饭的时间，我总是设法上岸待一小会儿。他们做起饭来没完没了，我总搞不明白为什么他们没把我们都烧个干净——他们在一个毫无防护的火盆的小洞上做饭。事实上，有一天的确着火了，不过当然了，我们手边就有大量的水。

第三天接近正午，我们暂时停船做饭，这时突然下雨了，船长

❶　龚滩河，即乌江。——译者注
❷　歪屁股船，乌江上的主要船型，特点是头尾高翘，尾部歪向左方，干舷很高，两舷外各有三根柄，结构特别坚硬，这种船适宜航行滩凶水急的乌江。——译者注

认为最好等一等。船上的帘子都放下来了，我为了躲避污浊的空气，坐到岸上的一把伞下。一艘巨大的帆船逆流而上，停泊在我附近，我饶有兴致地看纤夫们系缆绳。这些男人年纪不等、体型各异，但大多数年纪轻轻、体格健壮。他们赤裸的身体发育良好、肌肉发达，不过多有在岩石上摔倒留下的伤疤。一切处理妥当后，他们回到帆船上避雨、吃饭，依旧是赤裸裸、水淋淋的。我感觉自己好像在那个泥滩上坐了几个钟头，雨依旧倾盆而下，江水越涨越高，水面以惊人的速度变化。我们能够再度出发时天已快黑了，到了夔府就不再走了。夔府号称纤夫的天堂，或许正因如此，我们次日一早没有继续前进。不过我想水位太高、不安全也是事实，因为夔府城墙外停泊了两排帆船，看不到有船启程下江。当下游两英里处风箱峡口的巨石被江水淹没时，官方便禁止一切船只通行。既然无事可做，索性好好享受吧。

夔府为玉米地所环绕，景色宜人，玉米长得快有城墙高了。几年前，此地以仇视外国人而出名，不许传教士进城。因此，伯德·毕晓普 ❶ 夫人 1897 年途经此地时并未试图进入城内。如今一切都变了，中国内地会在这里有个常驻点，而我则来去自由。不过我并没有深入夔府，而是更愿意远远欣赏这座天堂；因此我们往下游多走了一段，停在一片玉米地附近，玉米长得又高又密，我一下子就迷失了方向。

第二天破晓时天气晴朗，水位也在下降，老板宣布我们可以出发了，但他表示不愿带我穿越可怕的"黑石滩"（靠近第一峡的

---

❶ 伯德·毕晓普（Isabella Lucy Bird Bishop, 1831—1904），英国旅行家。——译者注

西端）。因此我雇了两顶两人轿子，我自己和翻译每人一顶，三十里路花费了一千文钱。起初，道路拐了个弯，远离江面，穿过一连串小村庄，纤夫们的家就在这里。我让随从在茶铺喝茶，自己沿着一条修得很好的小路继续往前走，最终到达了白帝庙。它优雅地坐落在悬崖一角的最边缘，是俯瞰瞿塘峡的绝佳位置。庙宇干净明亮，前来迎接我的僧众面目和蔼，举止中带着佛教徒常见的友善。这是一个适合在明媚的日子里虚度光阴的地方。在我们脚下，江水泛着涟漪，骇人的滟滪堆刚刚露出头来，如今它几乎全没在水下，可到了冬季，它便会像个40英尺高的哨兵扼守在峡口。在我们头顶，狭窄水道的两侧壁立着灰色悬崖，高达1500或2000英尺。我极不情愿离开这里，但是我显然已经迷路了，除了回头追赶正咚咚地走在正道上的随从之外别无他法，他们也正设法赶上我。

了不起的四川栈道就始于此处，这是一条在坚硬的岩石上开凿出的廊道，位于冬季江水水位上方大约150英尺的高度，贯穿了整个瞿塘峡。这段路修建得很好，据我所知这是来自一位贵州富商的馈赠。当然，令人吃惊的不是路况良好——中国人修建了许多好路——而是它很新。它现在的终点在四川边界，但据说要贯穿湖北。

穿越长江峡谷的一天半是我整个行程当中最耗费精力的一段，单单紧绷的视觉和触觉就让人的心智自始至终处于煎熬之中。极度荒凉而又壮观的景象给人施了魔咒，缓解它的是零星耕种的美景和褐屋红庙的小村庄——它们半掩在金黄色的竹林和绿油油的柑橘林里。船夫们懒散地躺在甲板上，或是疲倦地倚在船桨上——

那是与威胁着要吞没我们的可怕漩涡殊死搏斗之后的光景。

然而，当我回忆起那些日子，最常浮现的还是人类与自然搏击并赢取胜利的坚定意志。面对这些在高高的峡谷中成功修建的道路，谁能说中国老迈腐朽？目睹了纤夫们工作的情景，谁还能质疑中国人的生命力？他们拉着巨大的帆船抗击尼亚加拉那样的湍流，在粗糙湿滑的巨石上攀爬，像猫一样躬行在悬挂于深渊上方细若游丝的小径上，在看似落基山羊也找不到落脚点的岩面上贴紧身躯，而与此同时，还要用尽每一分力气拖拽长达1000英尺的纤绳。这是一项极不人道的任务，风险巨大、报酬微薄，在每一个转角都要面对死亡的威胁——或是溺水，或是在岩石上摔得粉身碎骨，最好的情形也不过是过度劳损和风吹日晒导致的英年早逝。我在梦里看见他们，长长一队赤身裸体的男人，健壮的身体湿漉漉地闪着光，因伤口众多而流着血，一边用力拖拽紧绷的纤绳，一边喊着奔放的号子保持节奏；一条纤绳断裂，数小时的辛苦就会白费；一步踏错，一条生命就会终结。

可长江是通往四川唯一的直航水路，中国最大、最受上苍眷顾的省份所有的贸易往来必须由此出入。任何民族——只要比中国人更吝惜体力、更缺乏意志、更不懂变通——都会放弃这种努力，连尝试都不会去尝试，四川也就还在被遗忘的角落里酣睡，不会开发，也不会像现在这样成为这个国家最富庶最先进的地区。

下一步计划已定。多年以后，一条铁路会令这西部省会与万县和汉口相通，这荒凉的峡谷将不再有纤夫的呼喊回荡，逆流而上的行程将从现在的六周缩短到两三天。那时，资源得到开采的四川会改头换面，有工厂有矿山，有良好的道路和舒适的旅馆，在世

长江三峡（陶维新 供图）

界市场上占有一席之地，吸引众多游客——我很高兴自己见到了
铁路修通之前的四川。

第十一章

从长江到长城

在距离上海1000英里的宜昌，我与西方社会场景重逢：现代
化的舒适设施、糟糕的行为举止以及其他林林总总。宜昌坐落于
长江三峡的东端，有30000中国居民和少量欧洲人，所有运往上游
的商品必须在这里换船，从长江下游吃水浅的汽轮上卸下来，装到
40吨至100吨的中式帆船上，那是唯一敢于定期穿越长江上游的
急流和漩涡的货船。因此，宜昌的江边始终是一片繁忙景象，而
冬季里，船只像沙丁鱼一样挤作一团。一旦铁路贯通，所有水路
交通将中止，但宜昌意欲像控制老航线一样控制新通路，一座壮观
的火车站业已完工——尽管仅仅铺设了几英里铁轨。

　　我把自己的行李从乌篷船直接搬到了太古洋行❶的"贵路"轮
上，于当天晚上离开了宜昌。船上虽有些拥挤，但十分舒适。横
贯四川的群山纷乱纠缠，一直延伸到青藏高原，宜昌就位于这些山
脉的最东端，自此以下景观变换，山体变小，山谷逐渐敞开成了宽

---

❶　太古洋行，1866年成立于上海的英国贸易公司，曾于长江流域进行轮船营运。——译
　　者注

阔平坦的长江下游平原。这是种仁慈的安排,使人的眼睛和头脑在紧张摄取三峡奇景之后有机会恢复正常。我很高兴这片土地开阔而空旷,无甚观赏,并对此心存感激。

第二天拂晓,船在汉口停靠,我打算在此耽搁一两天,然后转而北上。汉口、汉阳和武昌三镇,处于汉水和长江的交汇处,人口合计约 200 万。它们横跨长江,扼守中国另一大水路要道——汉水的出口,位于上海和宜昌❶正中间,距北京比距广州稍远,目前是京汉铁路的终点,这条铁路将来还会延长到广州,这三座城市都前途无量。每座城市在某些方面都出类拔萃,但以汉口最为出色。汉阳拥有中国最大的铁厂,它已准备同孟买在工业上一较高下。武昌是省会,也是总督的署衙所在,还拥有南方最重要的铸币厂和军械库。汉口则是商贸中心,是银行业和航运业的大本营。

去年七月初我在那里时,只注意到了它极为繁华的表象,以及街道上熙来攘往的闲适。看起来无论中国人还是欧洲人,都热衷于赚钱——不管是英镑还是银圆。有一点值得担心,江水水位过高,此处江面几乎有一英里宽,水面已经接近堤岸,再升高几英寸就会将低洼处淹没,损毁财物、夺取性命、终止一切商业活动。表面上看不出有暗中暴乱的迹象,然而大约三个月之后,总督衙门被焚,商铺和楼所遭抢,铸币厂和军械所落入革命党手中。这成功一击让革命党掌握了大量的财富与军需以及指挥权。

我计划在汉口停留足够长的时间,除了将一个箱子打包寄往新英格兰,还有就是让旅行时留下的几处伤口长好,谁知道仲夏时

---

❶ 原文如此。宜昌,疑为重庆之误。——译者注

节我将在北京面对何种情形？但我失望地发现，每周一趟的快车在我抵达的次日就将开行，我不可能赶得上。显然，我不得不等上一个礼拜，除非我敢乘坐每天开行但中途停靠两夜的慢车。但沿途似乎有很多达官显贵，除非我能将所有行李随身带入车厢，否则不可能搭乘这趟车，因为行李车毫无安全可言。这将是一段冗长乏味的旅途，路上不会有吃的，当然夜里也不可能找个中式客栈住下。话又说回来，一旦跟东方达官显贵面对面，他们通常会变得和蔼可亲。乘慢车旅行吓不倒我，倒能给我观察这个国家的机会，而我就是为此才来中国的。我也知道我有办法对付行李，只有中式客栈是个难题，因为我打算把翻译和厨师留在汉口。我跳上一辆人力车，幸运地在火车站找到了友善的警察局长迪迪埃先生。Mais oui❶，坐这趟车夜间会停靠；Mais oui，小狗可以跟着我；Mais oui，我肯定能在我的车厢里放一个大旅行箱。他甚至超出承诺，写信给前方的夜间停靠站——驻马店和彰德府❷，所以当火车到站后，我分别受到这两个车站负责人的热诚欢迎以及来自他们太太的留宿邀请。结果我不是在特快列车闷不透风的卧铺车厢，而是在法国人家中度过了两个愉快的晚上，在真正的床铺上睡了两个长夜。这两位可爱的法国妇人真的是在中国中部营造出了一个"小法国"。从家乡带来的图书、杂志、狗和红葡萄酒，还有出自中国人之手的精美法式菜肴。但是他们居所的大门开在被坚固的围墙围起来的车站外面，将其加固到能抵挡围攻的程度。在中国，

---

❶ Mais oui，法语，"是的""可以"。——译者注

❷ 彰德府，今河南安阳。——译者注

欧洲人还无人忘记1900年的那段日子。

　　火车是舒适的带走廊的设计。绝大多数时间，我都是一等车厢里唯一的欧洲人，也是唯一的乘客，但二等，尤其是三等车厢人满为患，尽管乘客们看来不打算悬挂到车窗外面去——尤其是把脚伸出去——那是印度火车上的常态。中国人为各种恐惧所困扰，不论是盲目恐惧，还是真实又平凡的恐惧，可他一旦遇到优秀的事物，又有识别的智慧，不消多久就能克服小小的恐惧将其拥有。1870年，怡和洋行❶修建了中国第一条铁路。铁路只有12英里长，连接上海和吴淞口。起初并无麻烦，后来某些当地同行害怕竞争，以惯常手法挑动民众，终于以一起（收买的）卧轨自杀事件摆平对手。结果，清朝政府从英国公司购入铁路产权并将其拆除。那是40年前的事了，如今，饱受熬煎的中国拥有铁路的全部障碍就在于本国资金的短缺以及对外国贷款的恐惧——后者则完全可以理解。中国人想要铁路，而且希望自己建造，可他们没钱。现在他们宁可不要铁路也不愿受欧洲资本家和欧洲国家政府的驱使。谁能责怪他们呢？

　　1908年的列强铁路贷款成了清朝政府的垮台的原因，还带来了不可避免的后果，欧洲人和美国人被任命为工程师——宜昌和成都间一段重要的路线被分派给了美国人——让局面变得愈发不可收拾，在我离开中国之前业已如此。初夏时节发生的长沙暴动矛头直指政府的铁路政策，新任铁路督办大臣、满族人端方当时就是政府政策的代表。端方曾在1906年作为清朝代表团的成员出访

---

❶ 怡和洋行，英资贸易公司，成立于1832年。——译者注

美国。许多人将会记住这位谦恭的老人，他或许是思想最为进步的清朝大员。我原希望能在中国与他会面，但是当我在上海打听他的行踪时，得到的答复是他已被罢免了南京总督 ❶ 的职位，退休了。几周之后，报纸上全是对他新获任命的报道，称颂他出于爱国接受了一个不如以前的职位。然而随后出现了延误，当长沙发生暴动时他还未抵达位于汉口的办公总部。有人公开声称他畏惧了。在我北上途中，一天晚上，火车停在了一条岔轨上，我询问原因时被告知一条南下的专列正载着端方阁下赴任。他刚在彰德府会晤过因"腿部痛风"隐居疗养的袁世凯。要是有人能听到这即将垮台的王朝的两位支持者最后那场谈话该多好！

随后，一位继续南下，接手一项不可能完成的任务——平息革命大潮，未及四个月便告辞世，在四川一个小城被自己的部下打倒并割去首级。而另一位则静待时机，如今成了东方新共和国的元首。

被称作"卢汉铁路"的北京—汉口间的铁路穿越三个省份：湖北、河南和直隶。除了湖北边界上的一些小山，一路全是毫无特色的平坦地区，几乎每一平方英尺都被人工开垦过。700 英里长的农田种着水稻、黍类和蔬菜，毫无围墙或篱笆隔断；除了偶尔一个裹在围墙里的小城或一群寺庙，死气沉沉的地平面上连一丝影子也没有！而这可怖的土地上全是成群结队、缓慢跋涉的蚁丘般的人群。真是一场噩梦！

第二天，我们到达黄河，这是工程师的绝望之地。这座多方

---

❶ 南京总督，应为两江总督，驻南京。——译者注

论证的大桥有 2 英里长，借助 107 个跨径穿越黄河。火车以蜗牛般的速度前进，因此我有充裕的时间观看这荒凉景象：一条条泥滩隔开宽宽的水道，浑浊的河水起着漩涡，跟布满各式帆船、欢快的长江不同，黄河水流迅疾、滚滚向前，全无帆船或螺旋桨的阻碍。

一旦渡过黄河，便到了黄土之乡，它是耕者之福，行者之祸——因灰尘常常无法忍受。景色几乎没有变化，直到次日近午，北方地平线上才显现出模糊断续的小山轮廓。由于一个小事故造成的延误，天黑时我们才轰隆隆地从北京伟大的城墙下驶过，进入嘈杂的火车站。车站上满是喧哗的人力车夫和旅店的拉客人员。十五分钟之后，我已置身于六国饭店舒适的房间里，热切盼望着首次参观这世界上最具有历史意义的都城之一。

北京位于从北直隶湾❶到南口关绵延 100 英里的平原中间。北面是低矮的小山，因而幸运地将一切坏的影响排除在外，只向好的影响敞开门户——那总是来自南方。从中国人的观点来看，这样的位置称心如意，而欧洲人或许会认为一个大国的首都如此靠近边境过于危险。多年前戈登❷给总理衙门的建议是："将你们的太后迁往南京。"同样的话现在又被一些中国人自己重新提起，只是更为急迫。可是当下，资金短缺以及对南方势力影响的恐惧超出了任何军事优势造成的威胁，首都还留在原地。局外人或许被容许说太后喜欢北京，因为就魅力和趣味而言，南京绝无法同北京相提并论。

---

❶ 北直隶湾，即渤海湾。——译者注

❷ 戈登（Charles George Gordon，1833—1885），英国军人，曾指挥洋枪队攻打太平天国。——译者注

北京之盛景在于其城墙。它最先吸引你的注意，而后你便一刻都无法忘怀。它立在那里，遥远而超脱，主宰着它要防卫的这个城市，却又独立其外。它庞大魁伟、简洁朴素。踏入它的阴影，你好像进入了另一个世界。

通常，我会趁着天还没热就起来，爬到水关门外的城墙顶上跟杰克一起跑步然后再吃早餐。那里是晨间散步的绝佳去处。城墙约有40英尺高，顶上有一条宽宽的道路，路两侧是带垛口的护墙。从这里，视线可以自北向南、自东向西延伸，没有缕缕青烟，没有高大的烟囱，也没有耸立的丑陋建筑破坏这美景。

向北望去是内城——实际上是三座有围墙的城池，一个套着另一个，像是一套谜题箱，内城围着皇城，皇城围着紫禁城。城门上方有多层的城楼，站在城楼下面，目光可以跟随笔直的大街穿越朱红的墙壁，直达北京的心脏——紫禁城。在马可·波罗时代，除非是皇帝经过，那宏伟的出入口从不打开中门，但去年冬季的一天，门闩被撤去，进去的却不是皇帝，不是统治者，而是人民议会的代表，同时张贴的布告宣布，此后这座门人人得过，因为整个中国都属于人民。作为讲求实际的民族，中国人的行事风格真的非常戏剧化。

在城墙顶上，向南能看到外城（那不过是围了墙的郊区）以及天坛白色的墙壁，泛着光，被树木遮去了一半。皇帝每年到天坛祭祀，这是中国宗教信仰最极致的表达。短短几个月后，摄政的醇亲王（不久前刚堂皇地开车穿过皇城）就将在大臣们的簇拥下，代替小皇帝——不是向中国人民，也不是向议会代表，而是向皇

北京内城城墙（安德伍德＆安德伍德 供图）

内城城墙外的商队（安德伍德＆安德伍德 供图）

室祖先——宣誓接受新的宪法大纲❶。他将这么说："溥仪续承大统，用人行政，诸所未宜，以致上下暌违，民情难达，旬日之间，寰逼纷扰，深恐颠覆我累世相传之统绪。兹经资政院会议，……先裁决重大信条十九条……且速开国会……敢誓于我列祖列宗之前。"

在城墙顶上欣赏北京风貌，总有无穷的魅力与趣味。中国的城市树木葱茏，因而俯瞰之下总是引人入胜。北京茂密的植被和喷薄的色彩几乎令人迷失。宝塔和庙宇优雅的线条、漂亮的琉璃瓦（它们或黄或绿，从浅褐色围墙中高高升起，那是皇室或宗亲的房顶）、平民的住房，一切都镶嵌在鲜活的绿色之中。而雄伟的灰色城墙环绕四周，像一支巨大的臂膀护佑着这一切。你会因满足而赞叹，这里一切恰到好处，找不到一个不协调的音符。随后，你将目光转向身下美国公使馆的属地及建筑，它们干净、舒适，又突兀、格格不入。你身边有一名士兵来回踱步，肩上扛着枪，合体的卡其制服更衬托出挺拔的身躯，毫无疑问是美国人、是外国人，却看守着北京伟大的城墙上这一小块土地，不论是满族人还是汉族人都不容许涉足。接下来，你的目光顺着城墙延伸，直到地平线上出现模糊的轮廓，你能辨认出一套天文仪器的空架子，那曾经是北京的荣耀，如今却装饰着柏林的一座博物馆，供德国度假者凝视。

城墙下面的街道上，蒙古族人、满族人和汉族人在主干道的尘土或泥泞里熙来攘往。人力车以惊人的技巧在拥挤的人群中飞快

---

❶ 清宣统三年九月十三日（1911年11月3日），清政府为了挽救因辛亥革命造成的时局动乱，仓促制定并公布了《宪法重大信条十九条》（简称《十九信条》）。——译者注

中国漫行记：从山野密林到戈壁荒漠

地穿梭前行。这边，一位重臣的卫队嗒嗒地经过，佩剑叮当、帽纬乱飞。那边，刚从大漠抵达的长长的驼队堵满了道路。装饰着花边的欧洲维多利亚式马车上坐着一位西方外交官的太太，穿着夏日的华服，像一朵娇嫩的鲜花。与它比肩停靠的是笨重的北京马车，篾编的半圆形车顶下是衣着喜庆、表情更为欢愉的满族妇女。五光十色的店铺和住宅欣欣向荣，映衬着这万花筒般变幻的景象。如此生活、如此色彩、如此喧闹令人眼花缭乱，你开始感到头晕目眩。然后你将目光从所有这些上面移开，看着城墙。它站在那里，魁伟、超脱，不为脚下的琐碎生活所动。你再想想它目睹过的一切，关于人类和他们的作为，它能讲出怎样的故事。你向遇到的第一个，或是最后一个欧洲人——反正都一样——询问北京及其历史，他会说："哦，是的，北京到处都是历史遗迹，你一定不会错过的。"对普通欧洲人而言，北京的历史始于1900年。你总是逃不脱那个年份，不久你就对它感到厌倦了，也厌倦了一切嘈杂和夺目的色彩。于是你再次登临城墙顶上，这里仿佛属于另一个世界，你向群山的缺口处望去，那里是南口。山那边，道路一直通往长风猎猎的蒙古高原和广袤荒凉的沙漠。

于是你告别北京，火车将你带到蒙古高原边上的卡拉根❶。它距北京只有125英里，火车却要走一整天，因为一路都在上坡。时间不成问题，因为能看看中国人自己在铁路修建和管理上的作为是件很有意思的事情。卡拉根至北京的铁路是中国人自己修建的第一条铁路，总工程师詹天佑（19世纪70年代初赴美接受教育之

---

❶ 卡拉根，现河北省张家口市。——译者注

群体中的一员）如此出色地完成了工作，以至于后来准备修建从广州北上的铁路，便指定由他负责。铁路修建得中规中矩，至少沿途车站看上去颇为坚固。

在南口这个巨大的山口，你会从下面穿越长城，长城垂直横跨铁路。在长城外侧，当你坐着蒸汽机车缓缓穿越高原时，可以看见它不时现身，像条巨蟒蜿蜒在山脊之上。古老的城墙，崭新的铁路，哪一个更适合中国？一个试图将世界拒之门外，另一个将有助于塑造一个无须畏惧世界的中华民族。

卡拉根给我的第一印象是它像个现代化的欧洲车站，轨道众多，最后也是最持久的印象则是定居在东方的西方居民对一个西方漫游者表现出的友好——尽管他们大可不认同她的行为。除了这两个印象，我的时间只够走马观花地看看这座城市。卡拉根繁忙而肮脏，被高墙围挡，又被迅疾的塔河❶一切为二。狭窄的小巷为泥墙所束缚，墙后隐藏着一座座华宅、庙宇和银行，多年以来，它一直是重要的贸易中心，往来戈壁荒漠的车马人流由此经过。肮脏的露天广场上挤满了马车，那里有两三座不协调的西式建筑，因为外国人及其生活方式已经渗透于这座城市。不大的欧洲人群体主要包括各国的传教士和不同职业的俄国人。活跃在中国各地的英美烟草公司在这里也有代表，他们就是我逗留的两天里最为殷勤的主人。

卡拉根紧贴长城，在城市街道上，两个民族混杂交错。现在，没有什么阻挡他们或进或出，但巨大的鸿沟还在。你身后是低地

---

❶ 塔河（Ta Ho），音译，疑为洋河。——译者注

烦人的酷热和拥挤的城镇，面前是蒙古高原纯净的空气和无边的旷野。 你已经转身离开了围在墙内的世界——围了墙的房屋，围了墙的城镇，围了墙的帝国，你朝向那辽阔之地继续寻觅，寻觅沙漠中的自由。

第十二章

蒙古草原

我在北京停留不全是为了娱乐观光，还要决定下一步该怎么走。几周以后，我就不得不经由西伯利亚铁路返乡。是该利用余下的时间去看看山东——一个有着诸多吊人胃口之处的神圣省份？还是到有争议的满洲匆匆浏览一番？两者似乎都是自然而然的选择，可我有种不安的感觉，即哪一个都将平淡无奇，因为在中国，就铁路或者旅馆而言，两地都不成问题。山东已是多经涉足之地了，而满洲里则处于俄日控制之下，除了旅行指南式的老生常谈，似乎很难提供更多新鲜体验。

　　蒙古草原似乎为我的犹豫不决提供了一条出路。邮路和商路自长城起穿越这一地区，早晚会在贝加尔湖附近与西伯利亚铁路相遇。那会让我前往莫斯科的旅途提前五天，省去同等时间的铁路行程。而就我所知，蒙古高原没有旅馆，甚至连中式客栈也没有，因此我不必担心会太过舒适。最重要的是，"蒙古"这个词本身就具有吸引力。往昔，一批批野蛮战士自那里蜂拥而出，他们是上帝之鞭❶，是西方的恐惧之源，他们扛着胜利的旗帜横扫东西——从北京到布达佩斯，从伏尔加河到胡格利河❷。怎样的土地养育了那样的民族？蒙古人现在境况如何？即使只有几周时间，我也能略知一二。

　　既然决心已定，我便着手了解相关细节，结果却一如既往，各种建议（不管是否是我想要的）互相矛盾。美国领事馆礼貌有加，没有给出建议，却尽一切可能提供帮助，为我的护照获取了合适的签证，甚至让效率低下的外务部加快了速度，以免耽误我的行程。寻找随从却是相当困难。一名候选人拒绝与女士同行，因为他"恐将难免被迫勇于妇人"，而其他人则听到去那里就胆怯了。最终，幸得美国武官里夫斯上尉好意相助，我找到了老王，真是如获至宝。他集翻译、厨师和总管于一身，是个最最忠诚的中国人。《泰晤士报》的著名通讯记者莫理循❸博士非常及时地给予我鼓励——那正是我急需的。他说他早就盼望自己能够成行，我当然可以做到。他提及自己最近到蒙古草原和新疆的长途旅行，一番话令我深感宽慰。我是否也极其反感被告知一件事情过于艰险因而不能去做？我心想，要是他们只讲实情，而把自己的意见闷在肚子里就好了。好吧，要是人们敢对莫理循博士指手画脚，我肯定不介意获得同等待遇。

---

❶ 上帝之鞭（scourge of God），一般指古代匈奴领袖阿提拉（Attila，406—453）。他曾率军入侵巴尔干半岛及远征高卢，后来又攻陷西罗马帝国的首都，致其名存实亡。——译者注

❷ 胡格利河，位于印度境内，是恒河下游的一条支流。——译者注

❸ 莫理循（George Ernest Morrison，1862—1920），澳大利亚出生的苏格兰人，曾任《泰晤士报》驻华首席记者（1897—1912）、中华民国政府政治顾问（1912—1920），是一位与近代中国关系密切的旅行家及政治家。——译者注

不过那些天，我需要不止一次重温这些宽慰的话。每当你询问一点点信息，大多时候得到的不是事实，而是严肃的评论，说那种事情女性做不了。而当我真正获得了准确的陈述，它们又不全是实情，反而大相径庭。我能用18天从卡拉根走到库伦❶，但我必须考虑留出24天或30天；到欧亚铁路通常需要30天，而我没有45天绝对到不了。从卡拉根出发穿越蒙古草原必须买矮种马；只能用骆驼；夏天不可能有骆驼。从库伦再往前走，我必须雇辆俄式敞篷四轮马车；唯一的通行方式是乘蒸汽机车，我绝对受不了马拉大车；我绝不可能在马鞍上坐那么长时间。路上没有水，即使有也不能喝。天热得受不了，我一定会遇上暴风雪和沙暴，大雨会导致无法通行。我的交通工具会罢工，我的随从会抛弃我，土匪会伏击抢劫我的旅行队……

我写信向一位绅士求助，他在回信的开头就说"非常乐意"答复我的问询，继而写道："恕我直言，我认为一位女士在任何时候都不应该独自完成从卡拉根到库伦的旅行。"接着他列举了十条充足的理由解释为什么我不应该这么做，而第一条，也是最重要的一条就是，我将不得不远离一切客栈、露营荒野。

事情就这样解决了。没有什么比远离客栈更让我高兴的了，几个月来，我一直渴望住进帐篷，便开始以愉快的心情准备行程。可"敌人"的手段还未用尽（"敌人"通常是一位聪慧睿智的欧洲人或美国人，教养良好、风度翩翩，对我殷殷关切）。一位刚从蒙古草原回来的英国军官言之凿凿，说我绝无可能带狗过去，凶猛的

---

❶ 库伦，今蒙古国乌兰巴托。——译者注

蒙古野狗会将他撕成碎片。我了解我的狗，而他不然，因此我对其意见置之不理。最后一条最难回击："那不值得。"我几乎无言以对，但那时我已经铁了心，尽管想过放弃，却不能够放弃。

如今，穿越蒙古草原既成往事，我亦不愿声称任何人对这次行程所下的任何断言言之无理，只是我幸而摆脱了种种困难险阻。这次行程始于长城，终于铁路，除去我的主动停顿，一共用了28天，天气总的来说不错。我在库伦同蒙古族朋友们道别，真心不舍。我没遇到麻烦，没有发生意外，这段旅行还是值得的——仅此一次。

一个人因陋就简的能力着实惊人。北京不是签约开放的口岸，因此几乎没有欧洲人开的商店，就置办露营装备而言，香港有多么令人满意，北京就有多么令人不满。不过，凭借着朋友们的热心帮助，我总算备齐了一些还说得过去的东西。它们包括一般的储备品，但是比我在中国西部携带了多得多的罐装肉类和熏鱼，因为穿越蒙古草原途中将无法轻易获得鸡，只能偶尔得到一只羊。另外，跟往常一样，我放了不少果酱进去。现在我明白了为何英国向驻南非军队运送了成吨的果酱——新鲜果蔬缺乏的时候，它浓郁的果味最是提神。不过在我所有的储备之中，再没有比两瓶酸橙汁和一罐所谓的葡萄干更令人满意的了。当一早出发而燃料太湿又没法生火时，葡萄干与牛奶拌在一起就是我的救星，而酸橙汁让最浑浊最烫口的水也能下咽。我唯一一次想对善良的老王发脾气，就是因为他摔碎了最后一瓶酸橙汁。我不得不策马飞奔而去，以免管不住自己的嘴巴。我幸运地租到了一副旧的美国军用马鞍，很是称心如意。那样的马鞍会让骑手和马都倍感轻松，用于长途骑行再合适不过。

钱的事情需要仔细盘算，到偏远地区旅行一向如此。最终，在俄亚银行负责人员的热心帮助下，一切安排妥当。穿越荒漠时我几乎用不到钱，当然是带得越少越好，但当我抵达库伦和铁路时，又必须有大笔钱款供随时取用，因此俄亚银行为我开具了可向其分行及当地银行提款的汇票，困难迎刃而解。我从北京随身携带了鹰洋和银子，以供出发时的用度。我感觉像是自重负下解放了的圣徒，不用再携带大量零钱了——价值一鹰洋的现金近20磅重。

幸而我安排得周到有加，以至于在抵达卡拉根后等待信件的两天里几乎无事可做，北京的各种活动加上湿热的天气，几乎让我筋疲力尽，我乐得放松一下。而我年轻好客的主人——英美烟草公司的雇员——为了让我的旅途更加舒适，几乎把家里翻了个底朝天。马鞍进行了彻底检修，配了一块漂亮的蒙古马鞍布，有一大包香烟供我的随从在路上提神，还有一箱苏打水供我饮用。

我的储备物资中少了一样重要的东西——我忘记从北京带洋葱和土豆了。我要前往的地区什么都不种，土豆和洋葱就成了最佳补给品，可卡拉根既找不到土豆也找不到洋葱，甚至主人也帮不上忙，因为他自己也没得吃。可当我向足智多谋的老王诉苦时，他面露机智，平静地说："夫人想要土豆和洋葱，那就有土豆和洋葱。"结果真的弄到了——每样一大袋子！品相那么好，以至于一位女传教士看到后问我，能否请我的"男仆"告诉她在哪里买到的，她在卡拉根从没见过那么好的土豆和洋葱。希望她找到了答案，反正我没有。那极有可能是私下交易，我希望没有人会因此而储备不足，但我坚信我的需要比他们的更迫切。他们讲过在北京发生的一件可笑之事。一次，某个公使馆一群年轻的实习翻译想举办一场晚宴，却发现没有银餐具了，结果用人们挺身而出，当夜晚来临时，餐桌上熠熠生辉地摆满了巨大的银制餐具——饰有另一个公使馆的盾形徽章。

就在我离开卡拉根之前，我的食物储备又出乎意料地从另一渠道获得了补充。多亏北京一位美国绅士热心地穿针引线，外务部副大臣胡惟德❶阁下礼貌备至地吩咐沿途——尤其是卡拉根和库伦——的中国官员为我提供一切帮助。我抵达卡拉根后不久，外务部的三位官员就正式到访，次日再次登门，带着一名苦力，背了一篮子食物——直到我的旅行结束，它们都发挥着巨大的作用。承人美意却无以回报让人倍感惭愧。我尽可能向所有关心我的人写信致谢，头一个就写给外务部副大臣阁下，希望他能收到。可紧接着我就听说胡大人突然出现在北京美国教会区的墙头，逃在了反叛士兵的前头。

七月二十六日清晨，在一位可靠的蒙古朋友引领下，我乘着一辆北京大车轰隆隆地驶过卡拉根崎岖的街道，外务部派出的士兵护卫左右。我的衣物和随身物品捆好了放在身边，不然的话，我肯定会被两边的车盖撞得头破血流。实际情形是，我的头发散落下来，帽子左右摇摆，任何东西能在大车里待住就是奇迹。我也没坚持多久。一出城，刚走到沙新河❷干燥的河床上，我便跳了

---

❶ 胡惟德（1863—1933），清末官员，外交家。——译者注
❷ 沙新河（Sha Shin Ho），音译。——译者注

出来。那天的大部分时间，我要么步行，要么骑着蒙古矮马。北京大车或许有其他更好的用途，但是它作为一种"施虐工具"，实在是无出其右者。马可·波罗时代如此，今亦如是。你以双手双膝支撑着爬进去，拧回身，盘腿坐好（要是有地方，也可将脚伸出去），伸长脖颈，或为观景，或为呼吸新鲜空气，头仅得探出车顶。坐在车辕上的车夫则尽得其妙，而我不止一次去跟他做伴——那自然十分欠妥。

自卡拉根穿越蒙古草原至库伦的要道有两条。稍长、也更为人所知的一条偏向西方，其名称不一而足——"官马大道""驿道"或"车道"。沿途有集市和蒙古族人定居点，每隔固定距离设有驿站，因此受到汉族商队和大人物的青睐，还包括那些取道驿站匆忙赶路的人。另一条称作"驼道"，自卡拉根转而向北，100英里后再向西北抵达库伦，一旦离开了长城边缘那些村庄的外围，就没有蒙古族人定居点了，水井很少且相隔遥远，但它较西边那条道更短，因此对于借助骆驼往返的人来说更好些。穿行大漠几百英里长的电报线路在大部分情况下可作为这条路的标记，但完全以它为向导则相当不明智，因为有时电报线通过的地方只有飞禽方可逾越，更重要的是，它从不突兀地改变方向以指明水井的方位。而错过了一口井，你可能一天一夜之后才能走到下一口，也可能永远都到不了。我既不急于赶路，又非达官显贵，便选了这条道。

每年，数以千计的大车和驼队行走在这两条道路上，茶叶、布匹、针头线脑和动物毛皮或北上、或南下，价值千百万两白银。不过，蒙古草原出产的主要是能自己走路的牲畜——马、牛或羊。

　　　　　　中国漫行记：从山野密林到戈壁荒漠　——————————

按照 1858 年和 1860 年的条约 ❶，俄国边境和卡拉根之间建起了一条邮路，尽管有一条途经满洲里的铁路与之竞争，驿马传信依然每月三次穿越大漠往返两地。受雇行事的人用 7 天走完全程，一路飞奔，频繁更换马匹，换人则没那么频繁。邮递包裹走得较慢，每月一趟，由哥萨克人担任警卫。

我无法理解俄国人为何坚持使用这种耗财耗时的邮件递送方式，而铁路只消一半时间即可做到。据说原因之一是他们可能不想将邮件交给当时控制着满洲铁路南段的日本人。万一两方交恶，俄国人自己拥有同中国的联络方式会比较方便。这在我看来更像是俄国"和平渗透"计划的一部分——在蒙古地区扩大自己的影响，甚至远抵长城。卡拉根俨然已是俄国的前哨了，有成群的俄国商人，有俄国教堂、银行、邮局和一座领事馆，都是"白人可汗" ❷的代表。

离开卡拉根当日的黄昏，我们从长城残存的高塔下走过，这里如今仅剩一堆石头，标示出长城昔日的立身之处。用泥土建造的长城，外砌石块，如今业已碎裂，只剩下坚固的砖石塔，像伟岸的哨兵守卫着这条道路。

离开卡拉根后，我们已经攀升了大约 1500 英尺。我面前是一望无垠的蒙古大草原。吹冷了我脸庞的长风已经跨越了万里草原和荒漠。长长的驼队摇摇摆摆，优雅从容地前行；外表凶悍的男人骑在健壮的小矮马上驱赶着大批羊群，一切都表明此地之广袤。

❶ 指 1858 年中俄《瑷珲条约》和 1860 年《中俄北京条约》。——译者注
❷ 当时蒙古人对俄国沙皇的称呼。——译者注

每多走一英里，我都会愈加深陷于起伏不定的草原和贫瘠荒芜的戈壁。而在我和下一座城市之间，还横亘着几乎 700 英里树木不生的平原和荒凉不毛的沙地。

接下来四天，我们一直在穿越大草原。无限延展的土地微微起伏，覆盖着厚厚的青草，像大海一样泛起层层波浪，直抵中国的防御壁垒。目力所及之处，除了未被农具染指的鲜绿别无他物，只有狭长的定居点，像攥在一起的手指探入草的海洋。

我多数时候步行，高地的气流几乎在推着我前进，而我也很高兴能再次踏足真正的草地。在这开阔地带很容易就能找到捷径，因此我通常走在其他人前面。一群群匆匆赶往关内的蒙古族人友好地向我致意，荒漠的风貌就写在他们脸上，勇敢、耐寒、黝黑，被日照风吹刻满了皱纹。他们同我在打箭炉见到的藏族人又像又不像，他们体型较纤细，性格更爽朗，更加愿意敞开胸怀。我在草坡上攀登，不止一次迷失了方向，总有当地人挺身而出，让我回归正途。

我们正午和晚上先是在路边的小客栈休息，它们两侧或三侧用土石围挡，装有坚固的大门，很像土耳其的商队旅馆。在其中一家客栈，我分到了过堂边的小单间，和一位利落的汉族妇女同住，她显然是独自骑马旅行。房间三分之二的地方被"炕"占据，炕就是刷了灰泥的火炉，高出地面约 3 英尺，我们的被褥就铺在上面。不过，那将是我在接下来很长时间里最后一次看到房屋，再以后见到的不是帐篷就是蒙古包了。

次日，我们在一个只有几顶蒙古包的地方过夜，其中一顶被腾出来给我住。同我后来居住的蒙古包相比，这一顶格外宽敞整洁。

　　　　　　　　　　　　中国漫行记：从山野密林到戈壁荒漠

一个贫穷的蒙古家庭及其蒙古包

600多年前，一位善于观察的威尼斯人由此路过，他对蒙古房屋所做的简单描述如今依然适用。"他们简陋的小窝棚，或者说帐篷，"马可·波罗写道，"由木棍覆盖毛毡制成，浑然圆形，巧妙地组合在一起，可以收拢成一捆。"可是他的描述过于简洁，一位更为近代的旅行者——古伯察❶神父可为其补充（神父的到访仅仅是在65年前）：

　　蒙古帐篷从地面起大概3英尺的高度是圆柱形，然后变为圆锥形，像一顶尖帽。其木结构部分的下部是交叉木条构成的格子架，可以随意折叠和展开。上面是一圈柱子，固定在格子架上，顶端合拢，仿佛雨伞的骨架。木结构外层铺上

---

❶ 古伯察（Abbé Huc, 1813—1860），法国入华遣使会会士，1841—1846年进行了环中国的长途旅行。撰有《中华帝国纪行（上、下）》等著作。——译者注

一层或两层厚厚的粗麻布，帐篷就这样搭好了。门总是折叠式的，既低矮又狭窄。底部有一道横木充当门槛，因此进门时你必须同时抬脚和低头。除了门，帐篷顶部还有一个开口用以排烟。开口上方的帐篷上固定着一块毛毡，可用绳子卷下来封闭开口，绳子的一端悬在门边上。帐篷内部分为两个区域，进门后左侧的区域为男人保留，客人也被引入这里。任何进入右侧区域的男人都被认为无礼之极，因为右侧是女人的地盘，在这里你能找到烹饪设备，包括上了釉的用来存水的大陶土容器，还有各种粗细的树干，以及中间挖空成水桶形状、用来盛放不同类型奶制品的容器。帐篷中央有一个金属的大三脚架埋在土里，随时准备用来加热旁边那口钟形大铁锅。

我见到的正是如此，不过帐篷的围挡是毛毡而非亚麻，且通常有两顶帐篷——男女各一，而不是将一顶分成两个区域。对了，挖空的树干多半也换成了标准石油公司的铁罐。但是，蒙古族人在马可·波罗时代和古伯察时代怎样生活，现在还怎样生活，将来也会这般生活下去。

妇女、儿童、狗和小牛聚集在蒙古包四周。他们很是友善——几乎太过友善了，我对女人们的兴趣几乎同她们对我的兴趣一样浓厚。她们全都穿着长长的、没有腰身可言的羊毛长袍，什么颜色都有，满是尘垢。但是衣服更衬托出她们头饰的华丽，用白银精心制作的宽宽的束发带上镶嵌着鲜艳的宝石（绿松石和红珊瑚），环绕在头上，上面悬挂着长长的链坠和垂饰，一直垂到肩膀。这是她的嫁妆，显然她日夜佩戴，从不离身。尽管满身灰尘，这些女人本身长得却也标致——明媚的眼睛，相貌虽不精致却不难看，皮肤因受风吹日晒而颜色很深，令她们看起来像南欧农民。她们的举止行为远比汉族妇女更轻松愉快、无拘无束。

这块土地拥有众多称呼，有伟大的过去，或许还有伟大的未来，可如今只不过是世界棋局中的一个小卒。蒙古高原海拔约4000英尺，是天山向东方的延伸。它东西绵延近2000英里，但南北宽度仅有大约900英里。其中心位置有一大块凹陷，蒙古族人称其为戈壁（即"沙漠"）或"大沙洲"，汉族人叫它瀚海。向北，高原继续上升，断裂成阿尔泰山脉大大小小的山峰。山上长满树木，山间溪流众多，其中大部分或早或晚都会注入黑龙江。向南，它宛如草海起伏翻滚，森林被扫荡一空，屈指可数的几条溪流很快便消失于地下。介于卡拉根和库伦之间这700英里的区域，除了几丛低矮的榆树林，很少再有树木，唯一的河流就是沙河。不过，夏日雨水降落之后，蒙古草原就像是翻滚壮阔的北美大草原，甚至戈壁也只有大约50英里的地方没有植被。

穿越戈壁时，沼泽或浅浅的盐湖零星可见，诉说着昔日另一种气候，可如今，行经的商旅队只能依靠深浅不一、间距不等的水井——10英里、20英里，甚至50英里才有一口。这些井的形成可以追溯到久远的时代，各有各的名字，各有各的特点。有的井水永不枯竭，有的则很快干涸，偶尔水质偏咸，通常是冰凉清澈的。没有了这些水井，300英里长的戈壁滩将成为南北蒙古间几乎不可逾越的障碍。事实上，荒漠会给过往的商旅队伍造成损失，缺水、饥饿、高温和严寒夺去了成千上万动物的生命，沿途散布着它们的白骨。

这片广阔单调、狂风肆虐的高原人烟稀少，人口不足300万，居住在南北两端的小部分人已接受了汉族定居者的生活方式，但其他地方的人口仍按父辈的方式生活，牛羊吃草的地方即是其田野，临时支起蒙古包的地方乃是其家园。他们虽是游牧民族，却拥有明确的疆界，既不长途跋涉，也不频繁迁徙。

蒙古族人的财富在于他们的牧群：马、牛、羊和骆驼。依我们理解，他们不拥有土地，但如果他掘了一口井——我想他几乎不会那么做——便无疑对其拥有权利，他们对井水以及蒙古包附近牧草的主张会得到认可。其主要职责是看护牧群，可大多数情况下，牧群可以自己照顾自己。每群马都由一匹种马领导，它严密看护着母马，任何其他种马试图加入马群，都会遭到它的猛烈攻击。有人告诉我，主人只需数一数种马的数量就能确保所有母马都回家了。除了毯子、毛毡和马鞍，这里的人几乎什么都不生产，工作也大多由女性承担。他们也不耕种土地，其蒙古包四周什么都不种。他们日常的饮食几乎全是肉和各式各样的奶制品——奶酪、凝乳、马奶酒等。他们大量喝茶，喝得如此之多，以至于我的"男仆"都瞪大了眼睛。那茶叶就是汉族商人运来的。

蒙古族人耐力非凡，终日骑马对他们来说不在话下，他们在驼背上睡得像在地上一样香甜。他们似乎也不在意酷热和严寒。我曾见到他们在夏日刺眼的阳光下穿着羊皮袍子，而赶路的男人入夜后在露天倒身便睡，连一块毯子、一张垫子都不需要。若是迫不得已，蒙古族人可以长时间赶路而不吃饭，可一有机会，他却能狼吞虎咽地吃掉数量惊人的半生不熟的肉食。我听说蒙古族人的缺点是酗酒。他们更喜欢醉倒在威士忌上，如果没有，就会选择一种类似阿拉克烧酒❶的酸奶做的酒。另一方面，吸食鸦片的恶习似乎没有越过边界，极少有蒙古族人对鸦片上瘾。不过他们都吸烟——男人、女人和儿童——就像他们都骑马。要欣赏蒙古族人，你一定要看他骑马——实际上，你几乎看不到他不骑，他总是尽其所能不让脚落地。没了马的蒙古族人充其量是半个蒙古族人，而有了马，他们能以一当二。看他们松了缰绳、悠闲地骑马在草原上飞奔，很像西方牛仔，却没那么张扬，真是赏心悦目。

如今的蒙古族人是 1000 年前横扫千军的勇士的后代，但业已没落。他们的名字曾令地中海沿岸的居民闻风丧胆。现在，不喜欢他们的人可以说他们丧失了斗志，主要的乐趣在于胡吃海喝。但那些喜欢他们的人，也是最了解他们的人，则郑重声明他们是好人，快乐、随和、独立、好客。

---

❶ 阿拉克烧酒，来自阿拉伯国家的高度酒，酒精度一般高达 63%。——译者注

第十三章

穿越戈壁荒漠

离开卡拉根后的第三天傍晚，我们沿一条隐蔽的小路穿行在长满青草的低矮丘陵中间，四周全是美丽的牧场，牛马成群，点缀其中。小路一个急转弯，露出一群蒙古包，跟众多我们路过的类似。但一旁的两顶卡其帐篷中住着欧洲人，几分钟之后，我便在这世界的一角与这些朋友一见如故。

　　我的荒漠之旅在这里就要正式开启了。幸而这个定居点有个人深谙蒙古之道，正准备次日一早深入蒙古草原腹地，如果我立即赶路，我们就有两三天可以同行。好在我没有什么可耽搁的，于是第二天中午就又上路了。

　　我略得意地看着自己紧凑而齐备的小小旅行队。我的行李（包括一顶宽敞的中式棉帐篷）被精心收纳在一辆两轮俄式小行李车上，做工粗糙但很坚固，由两匹矮马拉着，赶车人就是带我前往库伦的蒙古向导。我的男仆小心翼翼地骑着一匹结实精瘦的蒙古小矮马（是那种"黄骠马"），配着西式马鞍和红布，看上去喜气洋洋。老王壮着胆子说，要是我不骑马，他愿拼尽全力骑上它，但又可怜兮兮地补充道，自己以前除了骑过一次驴，再没骑过什么别的动物。至于我，则自豪地坐在一辆美国的轻便马车上——货真价实。这辆车从美国运到天津，又经陆路运到卡拉根，准备送往库伦的一位蒙古王公那里，我则有幸带它穿越荒漠。穿越蒙古的方式不一而足，或骑马，或坐马车，或坐驼车，每一种都不轻松，荒漠会令人身心俱疲。但如今有了新方法，如果说在戈壁滩上能够获得舒适体验，那就非要一辆美国轻便马车不可了，何况还有一匹马供我调剂，我能从容面对荒漠便不足为奇了。

旅行联队出发时蔚为壮观。整个算下来，有一个瑞典人、一个美国人、一个汉族人、七个蒙古族人、一个爱尔兰"人"（杰克）和十二匹马。蒙古族人中有三位喇嘛，其余为普通教徒。蒙古族人衣着相近，只一位喇嘛穿着体面的红衣。他们都熟练地骑着健壮的矮马，坐在高耸的马鞍上。

第一天之后，我们便有规律地行进，六点钟左右早早出发，中午歇息很长时间，帐篷支好后，所有人都休息，马匹吃草，而后继续前进，直到太阳落到地平线以下。气温较高时，我在马车里享受安逸，清晨或傍晚则骑马。同行的蒙古族人是些快乐的年轻人，对我的行为满是善意的好奇。其中一个爱开玩笑的小伙子一心要学会用英语数数，每次走到我身边，都会把学到的东西大声念一遍，将数字一个个地往上加，一直数到二十。到达营地前的最后几英里是用来好好比赛一下的。赛后，他们高挑着大拇指，骑马上前问候我，朝我大喊："赛？"（"好不好？"）我回答："赛！"然后拍拍马骑跑了。噢，跟这些荒漠骑手一起飞奔真有莫大的乐趣！彼时彼刻，你成了疯子。游牧的祖先（我们人人都有）在你身上复活了，虽则危险，但你抛开责任和俗务、抛开缠绕着自身的

杰克与他的喇嘛朋友

我穿越蒙古草原时的车队

一切牵绊——然后，你幡然清醒，又伤心地睡觉去。

此时天气宜人，不管前路如何，至少目前尽如人意。黎明景象壮观，除了正午的一小段时间，一整天都没有高温，而傍晚时分温度又很快降下来，短暂的黄昏过后是繁星闪烁的凉夜。蒙古高原的夜是何等奇妙！我的帐篷总是避开营地的杂乱，安扎在稍远的地方。我裹着毯子躺在折叠床上，面前是迎着夜风敞开的帐门，在无垠的荒漠里，寂静伴着我进入梦乡，直到群星自天空隐退，我方才醒来。

起初，我们还走在草原上，起伏的大地覆盖着厚厚的草甸，美丽的鲜花点缀其间，蒙古包、牧人和兽群随处可见。一路几乎没生什么枝节。总是有狗从蒙古包里冲出来迎接我们。它们看上去又大又凶，而一开始，我也谨记警告，对杰克严加保护。可它一点都不在乎这些狗，就像它一点也不在乎曾在中国遇到的恶犬。它欢快地随着马儿小跑（这些马儿已经俘获了这只爱尔兰小狗的芳心），甚至都不肯屈尊瞥它们一眼。我们曾停下来买了一匹很好的"花斑马"，它出奇地高大强壮。还有一次，我们借机买了头绵羊——尽管有数以千计的羊在草原上吃草，这样的机会却不常有，因为蒙古人只有在急需用钱的时候才会出售它们。一旦成交，剩下的事不消多大工夫便可完成——宰杀、切割、在专门带来的大锅里炖煮、享用。

在离卡拉根200英里的地方，我们经过了涝江电报站。这里有两个汉族人驻守，不过是一座小型木质建筑，算是有个小花园。正如英国人一样，中国人也建花园，只是他们把精力都用在了种植能吃的东西上。这些电报站相互间隔远达200英里，一直延伸到库伦，并且总是由汉族人控制，他们服从命令、远在他乡、思乡情切。在荒漠中住下来，没有邻居，没有访客。游走的商人利用了蒙古人的两大弱点——挥霍和嗜酒，一再为他们提供威士忌，然后趁他们头脑迷糊，天价卖给他们许多无用之物——无须担心支付，那早晚不成问题。一旦付款日期来临，已经滚雪球般膨胀的债务必须偿还，于是马啊牛呀，还有祖上留下来那几件可怜的传家宝被一扫而空，他们发现自己已两手空空，无家可归。

每当我们在蒙古包附近停下来休息，女人们就都出来看我，闯入我的帐篷摆弄我的东西。她们似乎特别青睐丝绸。我的丝绸上衣备受赞誉，而当她们挖掘得如此彻底，以至于发现我穿丝绸"短裤"时，便诧异得无以言表。反过来，她们总是热切地展示自己的财宝，尤其是她们的头饰。有些头饰非常精美，价值五十两、一百两或者二百两银子。

蒙古人娶妻代价甚高，离婚也要对妻子做出补偿。男人的父母为他娶来妻子，付给新娘一大笔钱用以购买头饰。如果丈夫对这桩婚姻不满意，是可以打发妻子回娘家的，但她会把嫁妆带走。我听说蒙古女人命运多舛，这我很能理解，贫穷与落后的民族通常如此。但是她们给我的印象并不像通常描述的那样是饱受蹂躏的奴隶。相反，她们跟其丈夫一样都颇具男子气概，抽烟、跨着腿骑马、像男人一样灵活地照料驼队。她们的家务活不能说繁重，无须照料花园，毕竟无须打扫房间，单纯就是做饭和缝补；可是跟男人比起来，她们的工作可谓辛苦。蒙古女性的虚荣心绝对没有消失，经常有人向我索要肥皂。而当我送出一小块时，接受者的满足简直无法形容。亚洲人通常不懂得用肥皂，他们通过连续捶打的方式洗衣服，清洁身体则通过擦洗，但有时他们夸大了肥皂的价值。有位克什米尔妇人和我的英国朋友一起照镜子时，看到镜子里另一张白皙的面庞，叹着气说："要是我有你那么好的肥皂，我也会变白的。"

但是，关于穿越戈壁时的清洗问题——至少是洗脸——还是有很多值得谈一谈的。干燥炙热的风会让皮肤灼伤起泡，清洗只会让情况更糟，另外，有时水不够用，因此，有两周我都是用自天而降的雨水洗脸（假如下雨的话），而我的头发看来无疑是用风梳的，当你艰难地骑行在劲风猎猎的高原上时，是不可能保持仪表整洁的。但是，多亏了老王，每天早晨我穿上刚擦过的鞋子，总还能多多少少保留一些体面。

我很少见到野生动物，我们偶尔会经过几只羚羊，有两次还看到不远处有狼。这些蒙古狼高大凶猛，经常攻击牧群，一只就能击倒一只健康的马或小牛。当地人对它们发起过战争，但基本上都失败了。他们有时也会组织围猎，男人们手持套索，占据有利地位，而另一些人则将狼从窝里驱赶出来，使它们进入捕猎范围。沙鸡数量众多，在我们前进时，它们半跑半飞着从我们面前闪过。深入荒漠腹地后，我们见到了许多鹰，再往北走，则有数不清的旱獭，它们在外形和行为上都很像草原犬鼠。

一开始，四围都是牧群。灰白花马的数量之多，给我留下了深刻的印象。牛羊则数以千计，不过我相信这片优良的牧场还可养育更多。我们也不时见到骆驼，它们正处于夏季散养期，都是双峰驼，耐得住冬季的酷寒，但夏季高温会对它们的健康产生极大影响，因此如果夏天用到骆驼，通常只在夜晚。

我们不时会经过长长的货车队伍，100多辆双轮大车，每一辆由一头小公牛拉着，牛拴在前一辆车的车尾上。他们以蜗牛般的速度前进，大概每小时2英里，可能要8周才能完成穿越荒漠的行程。一次，我们遇到了俄国的邮包车，一匹骆驼拉着一辆装得沉甸甸的巨大拖车，骑着骆驼的哥萨克人担任警卫，他们的制服和帅气的白色鸭嘴帽与身下蹒跚缓行的坐骑两相对比，显得十分滑稽。我们遇到的商队多是由汉族人掌管，若有机会，他们便会团团围上来，仔细打量我坐的双轮轻便马车，对轻便的放射状车轮尤感兴趣。他们试着移动它们，用手指测量轮圈，或是检查弹簧，他们一触即发的好奇心表现出一种智慧。可对于蒙古人来说，我们不过是巡回马戏团之类的队伍，能轻易获得称赞的是轻便马车，还有我和杰克。

我们现在已身处戈壁。草原饱满的绿色被稀疏的植物取代，都是一丛丛、一簇簇粗疏的牧草或野草，而可怜的马儿即使整晚吃草也很难吃饱。这里的地表更加崎岖不平，被沟壑和沙河分割成条块状，看上去被太阳炙烤得坚硬而丑陋。井与井离得很远，有时还是干的，某些时候很让人担忧，因为我们的水可能自己用都不够，给马喝的就更少了。盐湖附近有一口井的水相当咸。这口湖是这整个区域的一个标志，它似乎正在慢慢缩小，许多商队在这里安营扎寨收集湖盐，然后运往南方。天气也变了，白天更加炎热干燥，但夜里还是一如既往地凉爽清新。

整整11天，除了两座电报站，我们没见到任何住房。只是某天清晨，一座喇嘛寺毫无征兆地出现在我们面前，像是从地下钻出来的。开阔的荒漠既善于展示，也善于隐藏。那是一群被刷成白色的平顶屋宇，其中一座更大些，全都笼罩在静寂里。我们经过时看到一位红衣喇嘛，在白墙的映衬下尤为醒目，还有一匹骆驼拴在角落里，除此以外再看不到半点生机。整座寺庙矗立在这广阔、空旷的暗褐色平原上，显得异常孤单和荒凉。

现在我已经跟我的蒙古旅伴们分手了，我将自己收到的慷慨馈赠——香烟——分给他们一些，令他们非常高兴。临走时，他们送给我蒙古人的祝福，"一路平安"。我本应更乐于雇红衣喇嘛陪我走到库伦，因为在他的帮助下，我的需求能得到很好地满足，而且他对杰克也很照顾（这个小可怜一度被戈壁炎热的沙子给累垮了），但我还是放他走了，还送给他一瓶硼酸溶液缓解眼痛，令他心满意足。像许多东方人一样，蒙古人多遭受着眼部炎症的严重困扰，这是沙尘引起的，而更多原因则来自烧干粪后产生的满帐房刺鼻的烟雾，那经常让我落荒而逃。我想严肃的老耶稣会会士或许会用评论印第安人的话来评论他们，"彼等于烟雾中度日月，于火焰中奔永生"。

大约 8 天我们都在穿越荒漠，每一天几乎都是另一天的重复。有时道路一直上上下下，我们刚爬上一个隆起的高地，却发现前方又有一个跟它一模一样的。有时一连好多英里，大地像台球桌一样平坦，没有岩石，没有起伏。我们沿着一条没有尽头的电报线，走在没有尽头的荒凉沙地上。还有一天，我们从黎明到黄昏都穿行在一片面目狰狞的区域，到处都是漂石和条状岩石，看上去毫无遮拦、荒芜冷落、令人生畏。

哪里都寻不到生命迹象，什么都不长，什么都不动。一连多日，我们未见到任何蒙古包，而且不止一天，路上一个人都见不到。有一次，前面白花花的路上突然出现了一个孤独的身影，在这大草原上显得格外孤单。走近以后，他面朝下扑倒在我们面前的沙地上讨要食物，原来是一个从库伦返回家乡的汉族人，徒步700 英里穿越荒漠去往卡拉根。我们尽最大的努力帮助了他。但他并不是唯一一个。

一位年迈的红衣喇嘛骑着骆驼前往库伦，有两三天时间，他一直在我们左右，夜里在大车里边跟我的随从一起睡觉，有时中午会到我的帐篷下乘凉，在那儿静静地抽着我的香烟。他是个讨人喜欢的好老头，竭力想让我理解我独自旅行有多么了不起，还有我将在库伦看到多么壮观的景象，为此差点把自己呛住了。

时间就这么过去了，白天单调、累人，夜晚清新、灿烂，直到一个漫长乏味的下午渐尽。有那么一刻，我在北方空旷的地平线上看见了一朵云？一座山？还是一块岩石？我几乎不敢相信自己的眼睛，看了又看。是的，那是一座山，一座岩山，我听说它会在前方显现，然后消失。它真的消失了，我欣喜若狂，因为山脚下就是荒漠的尽头，山那边就是草地和溪流。

当天晚上，我们就在小径边上一个长满青草的小山谷里露营。入夜，雨落下来，轻轻敲打着我的帐篷，一连几个小时，铃铛单调的叮当声跟雨水滴落的声音交织在一起，像一辆长长的牛车在黑暗中朝着库伦方向缓缓爬行。

第二天跟之前一样晴朗无云。我见到的地标已不见踪影，但我知道那"疲累之地的巨石"已然不远。空气已经比之前清新了，大地似乎也有了一抹绿色。

下午，一队体格彪悍、外貌俊朗的人骑着马自北而南向我们冲过来，一边飞奔一边拖着套索，那是蒙古族人特有的方式。他们愉快地问候一声，掉转马头便和我们并驾齐驱，好奇地问这问那。这是我第一次见到漠北蒙古人，他们同南方的兄弟几乎没有区别，他们的衣着更加美观，一般都戴着尖顶高帽，让人想起老图片上的蒙古部落。

那座大山再次显现，像一个巨大的猎食动物趴在满是漂石的平原上。可山脚下那座有名的藏传佛教寺院呢？小心翼翼地穿过一片尖尖的乱石堆，我们来到了一个小山脊上，面前是图林❶——那里不止有一座房屋，而是一座村庄，蜿蜒建在岩石堆里。在渺无人烟的荒漠边缘看到这一景象非比寻常。四座大型庙宇跟其他建筑稍微隔开一段距离，顶端有镀金的圆球和飘扬的经幡。从那里再往前是一排排整齐的小屋，红木白墙，是生活于此的两千名喇

---

❶ 图林（Tuerin），音译。——译者注

戈壁骑士

嘛的住处，整体看去类似海边胜地的野营布道会。附近有几群矮马在吃草，但是没有已开垦过的土地。这时，有一群人出来迎接我们，又或是驱赶我们，这些人看上去令人生厌。由于天色已晚，我们尚未到达宿营地，便未多做耽搁。

当夜，我们在大山的暗影里宿营。地上长满了艾属植物，它们受到挤压时会发出极其刺鼻的气味。睡觉前，一位汉族商人前来拜访，善意地告诫我们要提防偷马贼，两天前他刚丢了一匹马。哈，劫匪终于出现了！接下来的三个晚上，我们都保持高度警惕，在离路很远的地方宿营，并且在睡觉前将马匹赶进营地，聚在我的帐篷四周。有天夜里，旅队中的两个人真的轮流熬了个通宵。老王是个大好人，急于帮我减少麻烦，什么事情都愿意做，搭帐篷、套马鞍、收集燃料——唯一例外的是早晨起床。是他每天叫我们起床，先生好火，再将察罕·赫从羊皮袄中拖出来。蒙古人一旦起床，便沉默而高效地接管了一切。

在图林，地貌和天气都变了。而今青草充足，马儿们可弥补一下过去日子里的饥馑。几千头牛羊再次让我们饱了眼福，马群则更是蔚为壮观。它们多是栗色或黑色，这成百上千匹美丽的生灵要么在小路近旁吃草，要么自由地奔跑，马鬃和马尾随风飘荡。

有人警告过我们雨季会早早来临。一连三天，我们经历了一场又一场暴风雨，有时被耽搁几小时，有时被困在营地里一整天甚至更久。头一天，我们停下来吃午饭，刚刚好逃过被浇透的命运，直到下午六点才又动身。由于有些汉族马商在我们附近露营，不远处就有三两个蒙古包，因此我是不缺乐子的。我的帐篷一搭好，蒙古女人就进来了，一点都不见外，其中一人年轻漂亮。她们都戴着蒙古族特有的抢眼的头饰，镶嵌了鲜艳的玉石，但在设计上更加繁复。她们的发型更是奇特，头发自额头分成两半垂到颈后，梳成大大的扁平形状，像是脑袋两侧的耳朵，几乎与肩同宽，还用木夹或银夹固定，发梢处编成辫子置于胸前。这是结婚时采用的发型，婚后几乎不做变动。这些蒙古族女人的衣服也很引人注目。她们在通常穿着的不系腰带的宽松衣服外面加了一件蓝棉布短外套（蒙古语"女人"就是"无腰带"的意思），红色的领子，顶端高耸而僵硬，几乎要刮到自己的耳朵。她们脚穿高筒皮靴，跟她们丈夫穿的一样；如果戴帽子，帽子也是同样又高又尖的样式。蒙古女人跨马飞驰的景象令人过目不忘，耳朵似的头发不停摆动，高帽在头顶颤颤悠悠，银饰和皓齿闪闪发光。

当夜，我们扎营的时候已经九点了，次日由于下雨，直到午后我们才出发，晚上又是到了九点钟才在一个迷人的小山谷里搭起帐篷。山谷中长着高大的蓟草，在提灯的光亮中呈现蓝色，与蓝天融为一体。

第二天，我开始绝望了，便置察罕·赫的意见于不顾，决意挑战天气，结果所有人都身陷泥沼几乎动弹不得，浑身湿透，此后，我还是放弃了。我们在湿漉漉的地上安营，一直待到第二天中午——大多数时间都在设法烘干自己。牛粪太湿了烧不着，不过我们用我的苏打水瓶的木塞生了一小堆火。接连两天，我们试图买头羊，却一无所获，男人们的口粮也所剩无几。要不是卡拉根外务部门的慷慨馈赠，我们就会过得很惨。我叫随从进来和我共用一个帐篷，他们就着大碗的"太平洋海岸"牌桃子和李子罐头享用了许多罐腌咸牛肉、波洛尼亚香肠和熏鲱鱼，接着还抽起了烟，他们总能让自己舒舒服服的。火就算能生起来也会冒烟，间或有一个浑身湿透的旅行者走进来，靠几根香烟打起精神。然后，他们都蜷缩进自己的羊皮袄中，一睡就是好几个小时。我也睡在自己的小行军床上，而帐篷外，雨还在下个不停。

有一天早上，天空晴朗明亮，雨终于不下了。充分休息之后，马儿们看起来精神饱满、精力充沛，假如一切顺利，我们天黑前就能到达库伦。太阳升起时我们出发了，很快就进入了一个美丽的山谷，两侧都是颇具规模的小山，山坡的高处覆盖着真正的松林。自从告别了中原地区的杨树和柳树以后，这是我第一次看到树木——除了在戈壁见到的几丛低矮的榆树。蒙古包、牧群和牧人随处可见。路上遇到的两个汉族人停下来警告我们，说库伦城下的那条河的水位已经很高了，而且还在快速上涨，几百辆大车都在等河水降下来，他们怀疑我们能否过河。这不是好消息，但我们还是继续前进。很明显我们正在接近目的地，因为景色越来越生动。起初，我以为是恰逢节日，然而不是，那只是日常劳作，却美如画卷、生机勃勃、多姿多彩，那更像是一场戏剧而不像真实的生活。

这时，一群漂亮的马突然穿路而过，牧马人在后面扯开了嗓门叫喊。接着，我们超过一个驼队，领路的是两名骑着矮马的女人，她们将婴儿系在骆驼身上的包袱里，看上去毫不费力地操纵着那些任性的牲口。一群绵羊安静地在小路边深深的绿草丛里吃草，一群手持套马索、仿佛在进攻的蒙古族人往城里飞奔时也没惊吓到它们。两个女人在一个黄衣喇嘛的照料下，端庄地骑着马小步快行，她们的发饰在行进中不停摆动。接着，我们超过了三匹骆驼，一人骑马牵着它们，另一个人在后面驱赶，实际上是在小跑（我觉得我也必须加快速度），却并不匆忙，也未受到打扰，使得向库伦疾驰的一位官员和他轻松的随从几乎无路可走。从卡拉根来的一辆牛车在几个人的控制下庄严地前行，缓慢、执着，迟早会到达目的地，不必匆忙。

后来，山谷敞开，变成了宽阔的平原，许多小河川流其中，我们面前的图拉河右岸、面朝圣山博格达的地方就是圣城库伦了。

但是我们尚未到达，我们和目的地之间的山谷里流淌着纵横交错的溪流，成群结队的大车、马匹、骆驼和阉牛挤满了河岸。我们继续前进，到了河流的第一个浅滩，河水已经满得快要溢出来了，打着漩儿飞快地流过，有几辆大车冒险下了河，我们便也冒险一试。由察罕领路，我坐马车跟在后面，随从们殿后，杰克兴奋地在一旁泅渡。第一次这么做时乐趣无边，第二次亦是如此，但第三次就相当危险了，因为河水一次比一次深，水流也一次比一次急。河水现在快要触到马车地板了，马也几乎无法保持平衡。我设法将它拉到水浅的地方，扯开嗓子为它鼓劲，但我们还没到对岸，就被水流远远地带走了。

我们渡了四次河，才来到一处似乎蹚不过去的浅滩。许多人都在等，没有人涉水过河。时不时有人试探一下，但都退回来了，一辆倾倒的大车和一匹溺亡的马明示了危险。但是我们决定冒一下险，雇了两个人牵马引路。他们一人骑着自己的马，拉着驾大车的马头；另一人骑着我的马，牵引着驾轻便马车的马。老王跟我坐在马车里搂着杰克。我们开始行动的时候，人群热切地观望，河水将我们的脚打湿。先是一匹马，再是另一匹，艰难地挪动着，差一点就摔倒了，轻便马车打了个旋儿，几乎倾覆，小狗激动的吠叫声高过了喧哗，接下来猛地摇晃了一下，我们上岸了。如此这般四次，终于，我们跟买卖城只隔着一片狭长草地了，那是我们打算投宿的汉族定居点。我们咔嗒咔嗒地穿过两侧竖着栅栏的小路，停在了一座巨大的木门外面。察罕叫开了门，一位蒙古商人邀请我们进去，他事先得知我们即将到来，已做好了迎接的准备。

第十四章

圣城库伦

圣城库伦是格根❶（藏传佛教等级制度中位居第三的活佛）的驻地，它其实不是一座城，而是三座，全都位于图拉河高处的山脊上。每一座都风格独特、自成一体，并有壕沟分隔。自南方前来的人会首先抵达商贸定居点买卖城❷，那是一团乱糟糟的小房屋和窄巷道，被厚木板和未剥皮的杉树做成的栅栏围着。这里居住的近万名中国人控制着这一地区的贸易。他们显然过得很滋润，因为此地一派繁忙景象，当你在满是烂泥污秽的街道上择路而行时，能透过敞开的门廊瞥见种着鲜花的庭院和布置花哨的房屋，那是富商人家。然而更多时候，空白阴郁的墙壁将你挡在外面——或围在里面。

有一片狭长的荒地，地面没有树，除了一组看上去像是小宝塔的藏传佛教"圣骨冢"以及几座蒙古包和棚子之外什么都没有。它将买卖城同俄国居民区分隔开来，后者占据了山脊的最高处。

---

❶ 格根，即博格多格根，也称哲布尊丹巴呼图克图，蒙古活佛。——译者注
❷ 这里的"买卖城"，为库伦买卖城。——编者注

前往库伦的喇嘛

俄国居民区以领事馆为中心，那是一幢高墙环绕的大型白色建筑，而更为突出的是它近旁红色高耸的俄亚银行。其他建筑包括一座教堂、几幢住宅和商店。俄国领事馆也是防卫森严，其最先进的防御设施——高墙、壕沟和铁丝网——看来能够抵御围攻。

真正的库伦位于更西方大约 3 英里，图拉河的一条支流将其与另外两座城隔开。蒙古人称库伦为 Ta Huren，即"大营地"，但那不是蒙古语，只不过是俄语"urgo"（营地或宫殿）的变形，城内竖有尖栅栏的小巷织成一张大网，围住的不是买卖城那样舒适的住宅、办公建筑和银行，而是寺庙。其中最为神圣的地点，便是经册封坐床的博格多（格根）活佛居住的喇嘛寺。

在库伦的第一天，我全力弥补穿越荒漠之旅造成的损失。噢，充裕的热水、充分的放松、充足的隐私真是一种奢侈！我彻底清洗、整修，最重要的是彻底休息。如果感到厌倦了，只消向窗外望望，就总有看不完的景致。我住在一位富裕的蒙古族商人家里，他为人少言而多行，热心地招待了我。他的家环绕一座大庭院而建，被大约 12 英尺高的坚固的栅栏围起来，房屋充当了部分的围挡。庭院长边的空地上加了顶棚，用来停放车马、存储燃料。左右两侧是厨房、仓库、仆人的住处，而对面是主人和客人的房间。房间前面有一道狭窄的走廊，廊顶就是这座单层建筑突出的屋檐。大多数窗户都是普通的中式风格——糊了纸的格子窗，不过有少量镶嵌了玻璃。我的房间大约有 14 英尺长，10 英尺宽，一半或者一多半空间被一个高约 3 英尺的平台占据，上面是一大块俗气的地毯、两三张小桌以及一些衣柜。其余家具包括一条粗糙的长凳和两个带有装饰的储藏柜。房间的天花板贴着喜气洋洋的欧洲花墙纸，几面墙上挂着廉价的画轴。

谒见室❶在我房间的隔壁，显然主人极为看重它们，恭敬而又自豪地向我展示，像一位新英格兰妇女在炫耀她的会客室。谒见室共有三间，一间套着一间。每间毫无例外都有个覆盖着地毯的平台，还有放在小桌上的巨大中式花瓶。

在这庭院里上演的是简单的家长制生活。仆人、子女、马匹，一切都在英俊高贵的男主人眼皮底下。我发现很难将仆人同家庭成员区分开来，人与人之间甚是熟稔。家里的开心果是一个小男孩，他是主人的儿子，也是继承人。他要么跟杰克玩耍，要么在我房间里翻看我的东西，动辄半个小时。在西方人看来，东方的孩子不是被"教养"大的，他们被娇惯得令人生厌也是事实，可至少看到他们遭受拳脚，人们并非一味心疼。

头几次外出时，我去了一趟俄亚银行，他们对我礼遇有加，并愿意提供大力帮助。多亏了北京分行职员的安排，我受到了热情的接待，银行还为我准备好了住处，不过，我已经有了安身之所，也就用不着了。库伦的俄国人团体大概有 500 人，主要是商人和政府官员，还有约 100 名士兵保护他们。俄国住宅区的风格会让你觉得回到了大洋彼岸，因为许多房屋都是建在草地上的原木屋，整个住宅区被一道高高的木板做的栅栏包围起来，其强度几乎相当于防御工事。远东和远西在这里相会，俄国开拓者的家园与美国

---

❶ 欧洲贵族大宅中的"谒见室"（state room）通常是一系列豪华房间中的一间，设计目的就是为了给人留下深刻印象，装修最为铺张，陈列着上好的艺术品，通常用于接待尊贵的客人，尤其是君主或其配偶或其他高级贵族或国家要员，并因此而得名。而新兴中产阶级家里的接待室不太可能接待国家要员或皇室成员，则被称为"会客室"（parlour）。——译者注

库伦的蒙古族美人

我的蒙古族女主人

我在库伦居住的房屋

边地居民的家园十分类似。

　　长久以来，俄国一直持续耐心地向北部蒙古高原扩展其影响，如今，凭借贸易和雇佣，将这一地区纳入了自己的掌控。蒙古人所知的外国人几乎只有俄国人，一般来讲，他们相处得颇为融洽，尽管一位俄国官员告诉我说，他不清楚除了中俄两国商人之外还有什么选择。但是，旁观的欧洲人认为自己很了解蒙古人，他们曾声称，一旦中俄交战，蒙古人将选择站在俄国人一边。

　　我在库伦的时候，中国人之间多在谈论一定会修过来的铁路，卡拉根的官员也说过同样的话。修建铁路没有重大困难，人们只是奇怪为什么六年之前没有修。一旦出了长城，只需将铁轨铺在地面上，几乎是想铺多远就能铺多远。只是到了荒漠北部接近库伦的时候需要架桥筑堤。铁路将很快收回成本，因为假如没有了如今成本高昂、吉凶难测的行程作为阻碍，价值几百万两白银的贸易往来将轻易翻倍。不过，政治方面的考量才是重中之重。中国政府多年前便已明了自己对蒙古高原的控制不够牢固，一直在以超

　　　　　　　　　　　　中国漫行记：从山野密林到戈壁荒漠

乎寻常的劲头推动中原地区的人向那里移民，假以时日，这样做便可解决问题。然而它不应倚靠时间去解决问题，建造一条穿越荒漠的铁路耗时不久，便可凭真正的钢铁把整个蒙古与帝国紧紧联系在一起，即使是俄国人也无法将其打破。可如今——是否为时已晚？

我能在库伦停留的时间太短暂了，为了能到那里去，我们从浅滩处涉水而过，激流在中途冲刷着我的双足。

库伦潦潦草草的风格与它的名字很般配，火灾或洪水轻易就能将它扫荡一空。从建筑学角度讲，除了两三座庙宇和喇嘛寺之外再无具有吸引力的去处，看完了其中之一便等于看过了全部，因为它们都谈不上别具美感或工艺精湛。宽敞的主街与河岸上开阔的空地更能吸引人，因为那里是居民聚集的地方，能让你再一次感受到节日气氛。对于辛苦终日的西方或东方大众来讲，这里有太多闲暇、太多欢愉、太多色彩。人们来来往往，停下来交谈，停下来注视。似乎没有人赶时间——除了一两个高傲的官员和他们着白上衣的随从。真正的生意只在马市里进行，在那里，众人似乎才真正有所关注，不过买卖马匹在全世界来讲都是一件大事，不论是在肯塔基还是在蒙古草原。实际上，除了肯塔基的"庭院日"❶之外，我再也想不出与此更类似的景象了，只不过此处的场景更为绚丽多彩而已。而色彩又令双方大不相同。喇嘛自然比比皆是，有的穿红衣戴红帽，有的身着黄色或橘红色的衣服，愈发衬托出

---

❶ 庭院日（Court Day），18世纪时，美国肯塔基州东部居民会选择秋季的一天作为一年一度的交易日，后来演变成为期四天的节日。——译者注

刮过的蓝黑色头顶。女人们穿行其间，或步行或骑马，或形单影只或成群结队，在混杂的人群中像男人一样无拘无束。有的妇人衣着极其华丽，头饰上的银器闪闪发亮、光彩夺目。我时不时会看到某个剃了发的人衣着较为朴素，或是一位寡妇，或是一位老妇人。

与快乐、随遇而安的蒙古族人在一起的有两类人，一类是身穿蓝衣的汉族人，他们文雅安静、坚定机警，个个都专注于自己的生意；另一类是蓝眸白帽的哥萨克人和满面胡须、系着腰带的俄国农夫，他们显得相当富裕，迈着重重的步子闲荡、懒洋洋地注视着往来众人。我记起了阿富汗的阿米尔·阿布杜尔·拉赫曼汗（Amir Abdur Rahman）曾将俄国比作一头大象，"他在放脚之前会深入观察那个地点，而一旦迈步就不会收回，也不急于跨出下一步，直到他将体重整个转移到第一只脚上，将脚下的一切踩个粉碎"。而中国人则像潮水，无声无息地涌来，慢慢地注满每一个洞穴和缺口，在不经意间越升越高，直到完全覆盖大地。这样能将大象冲走吗？

第十五章

北上西伯利亚铁路

库伦是个值得待上几周而不是几天的地方，可是——唉，时间紧迫，我不得不继续赶路。只是该怎么走是个问题，与我一同穿越戈壁的马匹和轻便马车不能再往前走了。我最终与一位俄国商人商定，坐一辆运送行李的俄式大型四轮马车前往 225 英里外比恰克图还远的内河航运起点。商议在我的房间里进行，耗费了无数香烟，有时产生的烟雾似乎比进展还多，因为那商人只懂母语和蒙古语，而将要跟我一起走的两名俄国人中的一人能讲一点点德语，于是我们俩勉强能互相理解。我的蒙古房东也在场，帮我维护利益，但是只能通过察罕·赫（他懂一点汉语）和老王（他懂的英语更少）跟我交流。

八月份一个晴朗的早晨，当我向好客的主人告别时，情绪相当低落。就要离开库伦了，而我还有那么多地方没去看，真是遗憾。我还为再也见不到察罕·赫而伤感，他如此老练地引导我穿越了荒漠——祝他一生平安，希望他好运常伴！让我难过的还包括告别我的中式帐篷——几周以来，那就是我的家，还有我的小行军床——多少个夜晚，我在上面酣然入眠。现在只消在俄式大四轮马车上度过几个白天黑夜，我就能再度领略西式旅馆和火车提供的乏味的舒适了。

我内心带着强烈的反感爬进了那辆四轮马车，它像极了带轮子的巨大摇篮，由三匹马拉着，最大的一匹在两个车辕中间小跑，另两匹在两侧飞奔。一开始，我就领教了与简单纯粹的亚洲人打交道，同与有着欧洲人外表的亚洲人打交道的区别。有人告诉我们必须尽早出发，以便在天黑前走完第一天的路程。我早早准备就绪，老王也是，但我们最终出发时已是下午了。行李要一再打包，轮子要上油，马具要修补，许多事情需要处理——那本该在头一天就都处理好的。当然，这样的情况在中国也会发生——尽管我在旅途中其他任何地方都没遇到过类似的拖延与懒散——但在那里，我至少可以通过大发脾气、挑起事端来发泄一下情绪，然而对于长得像西方人的这些家伙，我就是做不到。

于是我在那俄国商人的木材场无聊地等了好几个小时，喝了无数杯茶，又拒绝了无数次续杯，也弄明白了几样事情。我曾听说俄国人几乎没有盎格鲁－撒克逊人的高傲，但我猜人们也不会忽略其他方面的区别。我正同俄国商人在他舒适的小客厅喝茶，房间里诸多植物盛开着鲜花，甚是美丽，喝到最后，老王进来取我的东西，俄国人立即闹哄哄地催他坐到我俩之间的桌子旁。他拒绝了，俄国人一再坚持，试图强迫他坐到一把椅子上。我一言不发地看着我的随从静静地取过一杯茶和一把椅子，退到了房间的另一边。他比俄国人更懂得哪里适合他。

小小的俄国商业定居点像极了繁荣而丑陋的西方村镇，我们离开它，又穿过蒙古人居住区的主街——全城的人似乎都在向那里流动，因为那里的欢愉和色彩简直令人迷醉。半个小时后，我们从河边走到了山里。道路崎岖而又泥泞，还常常被无休无止的牛车队伍阻塞，车上装满了原木或刨过的木材，那是库伦重要的外销商品。天快黑时，道路变陡变宽了，沿着林木茂密的山坡攀升，坡上长着云杉、松树、落叶松和白桦树。再次置身于真正的森林中真是一桩乐事。遍地的鲜花比我之前在漠北蒙古草原见过的任何花都漂亮，尤其是那大片大片的野生燕草，蓝得如此浓烈，以至到了炫目的程度。

一场风暴正在逼近，于是我们尽可能快地赶路。然而路况不佳，难以走快。当滂沱大雨兜头盖脸砸下来的时候，我们离宿营地还有很长的距离，脚下的路眨眼间就成了奔涌的山间洪流。我披着防水帆布因此没被淋湿，可以欣赏这雨景。壮观的深蓝色云团光彩夺目，耀眼的闪电更显示出路况的艰难和四野的空旷。我要替车夫伊万说句好话，他是个行家，稳住了马匹，让它们待在路上，绝大多数人都不可能做到他这么好。

我们驱马前行直到九点，车夫宣布他无法再往前走了，我们便开始在路边搭建营地，不远处是两座蒙古包。一道光线从那里射出来，还有怒冲冲的谈话与争吵的声音，但我搞不清发生了什么。尼古拉的德国脾气就好像印度人自称的处变不惊，总是在"紧要关头"表现出来。最终，俄国人生着闷气松下了马匹的缰绳，搭起了小帐篷，三个男人就在那里过夜。显然，没有燃料可用，因此我们没吃晚餐就睡觉了。

我在四轮马车里度过的第一个夜晚非常舒适。用厚毯和羊皮做的车身很柔软，如果我按对角线方向躺，长度则足够我将身体完全伸展，折叠式车篷又可遮风挡雨。我早晨醒来时地是湿透的，但阳光灿烂。我自行去蒙古人那里想找些干的燃料，却遭到了无礼的拒绝。现在我明白是怎么回事了。昨晚蒙古人不让我们在蒙古包附近扎营，因为那里是他们的干草场，根据传统，居住区附近是他们的地盘，不允许侵占，但俄国人却固执地占用了，所以现在他们（一位老喇嘛和一位老妇人）出于无法抑制的愤怒，拒绝卖木柴给我们。我们准备好出发时，他们冷漠地站在那里，悲伤地看着自己横遭践踏的草地，我试图补偿他们的损失，也丝毫没令他们高兴起来。

此后每一天都是第一天经历的重复：早晨迟迟才出发，中午的停顿令人厌烦，天黑以后很久才能安营。事实上，要不是有老王，我们还不知道早上何时才能出发。是他把那些人叫醒，尽心竭力生着火，并替整个营地收集燃料。尽管每天都下雨，但我想俄国人从不曾意识到要找机会为下顿饭收集点干木柴。老王发愁地说，俄国人花在喝茶上的时间甚至比蒙古人还多。

第一天过后，我们离开了林木茂密的小山，再次踏上草原，不过水要多得多。事实上，溪流和沼泽常常迫使我们绕道很远，我们最终来到一条河流面前，河水很深很急，无法蹚过去。但是，有一艘用四根巨大中空的原木绑在一起做成的渡船，上面松松垮垮地盖了层粗糙的地板。我们把马从车上解下来让它自己泅过去，撑船的人则来来回回将我们和大车运过了河。

第二天早晨，我们再一次没吃早餐就出发了——因为没有干木柴。马车夫伊万是这些人里唯一认得路的，他给我们鼓劲说再走一小时到某个俄国居民点就能吃上热饭了。可我们艰难地跋涉了 4 个小时才到那里，发现现实远远超出了他的承诺。

小小的定居点只有两户人家，以养牛为生，看样子富裕而满足。他们的住房和牲口棚用木材和泥巴建成，看上去很坚固，完全能够抵御漠北蒙古高原的严寒和狂风。我们受到了热烈欢迎，立即被带进一间用石灰粉刷过的房间，那是厨房兼客厅兼卧室。所有东西都一尘不染，甚至床下也没有灰尘。我可以提供证据，因为我去那里找过杰克。这家的女主人长得非常标致，眉毛浓密，身穿整洁的红色长裙，头上系着块红色方巾。她立即从千篇一律的俄式茶壶中为我们倒出好茶，还端上了最新鲜的鸡蛋以及上好的黑面包，火边的金属扦上还烤着一只鸡，那是预备给我带走的。两个浅黄头发的小男孩被抱到了床上以防碍事，他们一边用力嚼着生的萝卜根，一边面无表情地看着我们。一个婴儿躺在用绳索悬自房顶的篮子里，做母亲的来来回回经过时推上一把，好让这摇篮一直摇摆。这里的人跟他们的蒙古邻居关系似乎很好，我在时有两三个人走进屋来，不过从这里骑一天马才能到最近的俄国家庭，他们的生活一定很孤独。当我问尼古拉孩子们怎么上学时，他不屑地笑了："他们学会读书有啥用？他们爹娘都不会。"

第二天注定是漫长而艰辛的，而结果证明实际情况比我预料的还要严峻。首先，小狗遭到了我自己行李车的碾轧。我先是以为它死定了，后来我又担心第一次用上自己从美国带来的左轮手枪就是结束它快乐的小生命。俄国人悲伤地摇着头帮不上忙，但是老王乐观地说着"没事"，伸出了援手。24 小时后，杰克就能冲着马儿们大叫了，尽管它被包扎得几乎站都站不住。

另一个让我伤脑筋的是伊万的表现。他其实是一个彻头彻尾的坏蛋、懒惰、愚蠢、郁郁寡欢，对待马匹很是残忍。他本应听另一个俄国人指挥，但他拒绝服从他或其他任何人。只有当我通过动作能明白告诉他我的想法时，才指挥得动他。有时我得让语气显得足够专横，他才会服从纪律。除了天生坏脾气，他还经常饮酒，因此相当难以管束。

我们现在所处的地区是一连串美丽的山谷，有众多溪流浇灌，有贫瘠无树的小山环绕——这是块丰饶富庶又平淡无奇的土地。我们在一个宽阔的小河边吃午餐。河两岸长着柳树，草地很好，但是苍蝇太过烦人，可怜的矮马几乎吃不成草。尽管天很热，我还是认为俄国人最好启程，而不是待在这个讨厌透顶的地方，可我就是没法子让伊万动身。一连几个小时，他又是喝酒又是睡觉，而马儿们皮肤抽搐，甩着尾巴，跺着脚，偶尔抽空啃上一口草。附近蒙古包里看上去很贫穷的女人和男孩们偷偷溜进我们的营地，急切地在草丛中搜寻瓶子或金属罐。他们真是我这一路见到的最可怜的居民。至于我，则一边坐在地上安抚杰克，一边盼望能有一个懂得服从的马车夫。

五点半的时候，马车夫终于从醉酒后的小睡中醒来了，我们再次上路。我们走啊走，走过长长的枯燥乏味的道路，太阳落下去了，暮色渐重，黑夜降临，群星显现。八点半时，我问还得走多长时间，得到的回答是 2 个小时。到了十一点半，我设法想让车夫明白他必须停下来，可是他毫不理会。当我在朦胧的月光中看到面前闪着微光的小河时，已经凌晨一点了。一分钟之后，我们已经在水里了。再走两步，迅疾的水流已经到达马的腹部了，而四轮马车开始翻转。伊万这时已经醒透了，他跳下车，其他俄国

喇嘛与他的"妻子"

人也帮忙使劲推，经过奋力挣扎，几匹马终于回到了岸边。这里显然无法涉水过去，而眼见之处也找不到帮手，后半夜我们只好在岸边安营，马儿没有草吃，我们也没东西生火。吃了口黑面包，喝了一茶杯外务部送的波尔多酒之后，我蜷缩在马车里，在河边潮湿冰冷的空气中瑟瑟发抖，而老王裹着羊皮睡在马车下面的地上。至于俄国人，我一心祝愿他们享受风湿病的乐趣。

这一次，人人都在拂晓时分起床。一位路过的喇嘛指引我们去下游的一个渡口，在那里，我们坐着平底船凭借一条铁索过了河。在河对岸，男人们生着了火，我们喝了些热茶。

再次出发后的三四个小时，我们路过的地区跟前一天大体类似，穿越肥沃的山谷，为绕过沼泽而攀登崎岖的山路。耕作的迹象不多，但我们能看到地平线上有一道森林的暗影，这是个令人高兴的变化。就在抵达森林之前，我们穿过平原前往早晨帮助过我们的喇嘛住的蒙古包。主人事先知道我们要来，热情地欢迎我们——这个"热情"可不止一个意思，我马上被让进一座蒙古包，里面热得几乎令我昏倒。这些穿着羊毛衣服的人怎么忍受如此的高温真是一个谜。

喇嘛是一位保养很好的老人，妻子、儿女、蒙古包和牧群一应俱全。他显然是个有钱人，也是这个颇具规模的定居点的首领。用来接待我的蒙古包很是宽敞，其摆设跟古伯察60年前描述的一模一样，倒是有一个新玩意——一根炉管连在类似水泥制的炉子上，不过这也许只是个装饰，因为我的晚餐是在一口支在三脚架上的锅里做的，架子下面烧的是木柴和干牛粪。我被请到了上座，那是一个没有靠背和扶手的长沙发，牛奶放在我面前一张小矮桌上。但我旋即看到了一个比食物更有趣的东西。沿着蒙古包的墙壁排列着一两张桌子和衣橱，其中一个上面放了些有扣环的皮面活页书，它们是喇嘛的圣书。我伸手准备拿起一本（这么做非常愚蠢，因为有人告诉过我，世俗之手不允许接触它们），喇嘛礼貌而又非常坚定地挥手制止了我，几乎连远远看看都不让我看。他言之凿凿地告诉我他能读这些书，不过大多数喇嘛做不到这一点。还有一个小祭坛，摆放着不大的佛像和照片，其中还有一张质量低劣的库伦的格根的照片。它们似乎不及圣书一半神圣，因为喇嘛随意地向我展示，甚至允许我仔细查看佛像前摆放的十多个装着油和其他祭品的小金属壶。

我们的食物做好以后，喇嘛将俄国人带到男用帐篷吃饭。虽然规矩是规矩，但邻居们（男女都有）早已大批拥了进来，现在仍留下来围观我。各式各样奇怪的菜肴被放到我面前，最好吃的是撒了糖的硬凝乳。糖对蒙古人来说是珍馐美味。

由于我们已经快到有旅馆的地方了，我便在这里将午餐篮清空了，一罐罐的果酱、橙子酱、沙丁鱼和牛肉膏令我的主人及其朋友大喜过望，更不必说那些搪瓷杯碟和炖锅了。每一样都被人急切地拿走了，甚至是空罐子、空瓶子。他们看上去像是得了新玩具的孩子。

离开最后一个蒙古定居点后景色突变。俄国拓荒移民的房屋不时映入眼帘。现在，我们进入了一个漂亮的松林，而且从此以后就再也不愁看不到树木了。我们现在几乎到了俄国边境，我开始为我的小左轮手枪的命运感到忧虑，它业已饱经变故。在土耳其时，君士坦丁堡的海关官员发现了它，威胁说我因违反携带枪支的法律而要面临罚款，但最后决定返还罚款、没收武器。当我抗议说自己身为女性，或许会需要它，他们干脆把手枪还给了我，但是留下了子弹。我曾经在孟买为它支付关税，也曾在上海花费数小时为它配上子弹，我携带它长途跋涉，放在手边以备不时之需——尽管我想不到会用它做什么。而如今，据说我如果试图把它带入俄国境内，它肯定会被没收，并且我将被处以罚款。任何事先未获允许的枪械均不得带进这个帝国。不行，不能让俄国人得到我的小左轮手枪。我们途经一个小池塘时，我轻轻一扔，它就不见了。

夕阳西沉，我的目光越过山谷，看到了恰克图那座宏伟教堂反射的白光。可是直到深夜十一点，我们才轰隆隆地穿过买卖城 ❶——中国的边防要塞，接着又顺利越过俄国边界，静悄悄地驾车沿着恰克图长长的主街前进。我渴睡极了，什么都没注意到，直到听见男人们轻轻地发笑。醒来后我发现我们正通过海关。"若打扰昏昏欲睡的哨兵就太糟糕了，因此我们把铃铛取了下来。"他们解释道。我想，他们的偷运行径令其不端行为又增加了一条。

我感觉我们在恰克图响着回音的黑沉沉的街道上行驶了好几个小时，最后停在了一座又长又矮的建筑的白墙前，转眼间，我就进入了另一个世界。我身后是宽广开阔的蒙古草原和在帐篷或马车里度过的繁星熠熠的夜晚。而这里是俄国，它一半在欧洲，一半在亚洲，毫无趣味可言。不过，至少有张舒适的床在等着我，还

---

❶ 此处的买卖城区别于上文，它又称南恰克图，位于当时中俄边境，是 18 世纪初清朝北部边境一座专事对俄贸易的商埠。——译者注

有在夜半时分匆忙备好的最美味的简餐：香茗、上好的面包黄油，以及烤得热腾腾地放在烤盘里的绝味小飞禽。在哪个西方国家的边境线上能找到这般佳肴？

直到次日早晨睡醒以后，我才意识到恰克图有多么西化，简陋的木屋与粉刷得自命不凡的建筑比邻而立，木质人行道摇摇晃晃，要么干脆没有人行道。街道上头一天还是齐脚踝深的尘土，后一天就成了泥沼。不过，几座精美大宅，尤其是耗费巨资装饰的白色大教堂，述说着恰克图商贸繁盛的往昔——那段历史要追溯到200年前，当时的戈壁充满生机，成群结队的驼车在长城和俄国边境之间往来穿梭。在那时，恰克图的大茶商们积累了巨额财富，像全世界的暴富者一样挥金如土。但是，随着铁路的修建，商贸易道，如今这座城市明显带有衰败的痕迹。货栈一半都是空的，许多大商户要么离开此地，要么已经不名一文，如果不是有步兵团驻扎在这边境要塞，恰克图早已被寂静的荒漠淹没。俄国提议修建上乌金斯克❶至库伦的铁路，其影响如何还有待观察。它可能会给恰克图注入新的生机——当然，修建铁路主要是出于军事及政治目的，而不是为了通商。在我从库伦前来的4天行程之中，很少见到往来商旅，除非蒙古高原有丰富得超乎预期的资源，恰克图的繁荣时代将一去不返。

不过我并未长时间逗留，去仔细研究恰克图过去或者当下的利害关系，因为我在次日下午就又启程了，在恰克图以北约18英里处色楞格河右岸的一个大木材堆场结束了我的马车之旅，前往上

---

❶ 上乌金斯克，今乌兰乌德，俄罗斯联邦布里亚特共和国首府。——译者注

　　　　　　　　　中国漫行记：从山野密林到戈壁荒漠

乌金斯克的汽船，再从那里出发。由于汽船晚点，我在那些木材中间无聊地等了10个小时，一起等待的还有许多人，大部分是俄国军官及其家属。等待期间，多半时间在下雨，两间小小的候船室容纳不下拥挤的旅客和行李。这里没有餐厅，亏得好心的老王跟几个中国工人交上了朋友，弄到一些鸡蛋，不然我就会饿死了。最后，我们被告知船要清晨才到，于是人人都设法找个角落睡觉去了。我刚刚在一个未完工的大棚子的一端舒服地蜷起身子（那棚子是给马避雨用的），一声鸣笛冲破黑暗——船来了。凌晨一点，我们出发了。一切都处于混乱之中，人人都没有好脾气。我事先订到了一个舱位，结果发现需要同一位休假回家的俄国军官分享。我对失去了敞开的棚子中那个既通风又安静的小角落深感遗憾。

次日一整天，我们都坐着汽船不紧不慢地沿着色楞格河顺流而下，在森林中的一个小村庄停了好长时间。村子里仅有的六座木屋环绕着一座教堂——教堂还是一成不变的白色，有着绿色的圆顶。村民们全都出来迎接我们，大多拿着美味的瓶装牛奶在售卖。他们几乎都是农民，高大、白皙、冷淡。河流沿岸的景色单调乏味，河岸低矮，草木稠密，间或有一小块空地。这是一片湿漉漉、凌乱、毫无特色的土地。我发觉自己已经在期盼旅途的终点了。

船上三等舱的乘客大多是俄国农民，还有一些中国人。头等舱和二等舱里几乎全是军人，都穿着全套军装，那军装各式各样，令人眼花缭乱。这些人大多高高大大，但是举止相当粗鲁。我想你在边境见不到俄国军队的精英。

天黑透时我们才到上乌金斯克。一辆古怪而又破旧不堪的轻便四轮马车将我们拉到了客栈，我们选择它是考虑到店主能讲德语。为了等莫斯科快车，我在这里待了两天。我动身以后，我的无价之宝老王也踏上了途经哈尔滨和奉天返回北京的行程，我无所事事，只有休息，顺带享受俄亚银行职员热诚的美意。不过，上乌金斯克几乎没什么吸引力。它只是一座又大又新的城镇，尚在开发，仍未完工，一半是木屋，一半是刷了灰泥的房屋，大部分街道都是泥沼地，还有几座装饰浮华的公共建筑和一座丑陋的凯旋门——那是几年前沙皇来访的标志。文明开化需要付出代价，然而半开化却不讨人喜欢。当我和杰克在莫斯科快车上独自享用一个小包厢向着西方的家乡前进时，那真是幸福的一刻。

第十六章

中国之若干初印象

一个西方漫游者，只在中国盘桓数月，要就如此巨大、如此古老、如此多变、如此复杂的国家及其人民讲出什么感受，是种相当冒失的做法，若再将这些感受公之于众就更加不可原谅了。然而，如果一个人下定决心要这么做，或许也可以找到一些理由。

　　我们如今生活的时代充满了意外。土耳其正在进行革命，中国正在苏醒，白种人的志得意满遭受了一记重击，于是有了更多畏惧。我们大多数西方人急切地想要越过那道墙，或者仔细观察它的四周——我们被告知墙就在那里——好看看外人到底是什么样子。我们读书，书的作者经年累月地生活在中国、日本或者印度，我们认为他们对世界的那个小角落了如指掌。我们同终生与东方民族生活在一起的人交谈，感觉他们对于东方民族洞悉无遗——就某一方面而言。他们曾向东方人布道，替他们治愈疾病，同他们进行交易，他们像医生或商人了解他们的邻里一样了解东方人。西方的男男女女通常抱有明确的目的、肩负着重大的使命，方才前往东方并在那里度过一生。他们很少见识这个国家的其他部分，他们的工作将他们牢牢地拴在当地，某种兴趣引领他们到达那里，他们也倾向于从这种兴趣出发进行观察。他们这一篇篇详尽的知识组合起来就是对于整体绝好的全面研究，可目前为止还没有人这么做。或许，现在是时候了。

如今，一位没有特定目的的旅行者，刚刚通览了一个国家的部分地区，他有可能讲上一大堆废话，不过，或许也会说些有意思的东西，那是常住者由于太熟悉而忽略掉的。如果讲出来，他们会说"那当然"，但对于不出门的西方人来讲，那可不是"当然"的事情，有时值得说上一说。

我对中国人最初也是最持久的印象就是他们跟我们有多么相像。有人曾告诉我，从东部进入中国是错误的做法，那样做就会毫无悬念，你再也找不到另一个如此奇特且与你的想象完全不同的国家和民族。相反，你应该从西部进入中国，尔后每向东行进一程，一个比之前更加奇特的世界就会在你面前展开。我就是这么做的，情况也的确如此。对于印度我已有些了解，这次旅行我只在那里停留了几周，每天都能遇到一些难以理解的新事物，接着我就去了中国，让我大为惊讶的是，我感觉自己简直是回到了家乡。

当然，一眼望去，事情多半有些奇怪，也就是说，跟在西方不一样。男人留的发辫垂在背上，女人穿着裤子，而无论男女都穿白衣服丧。上座在左侧而不是右侧，人们向你打招呼时是握着自己的手。你对这一切都有心理准备，但有所准备并不能消除古怪的感觉。不过，从最开始，随着时间由日而周、由周而月的累积，一种感觉就越来越强烈，那就是在我看来，在这表面的差异底下，中国人比我所了解的其他任何东方民族都更加类似我们自己——或者说类似我们的祖先——类似处在一个或另一个阶段的我们。

众所周知，在印度，宗教左右了人们的生活。一个人首先是某种宗教信仰的追随者——要么是印度教徒，要么是穆斯林，宗教的教义支配着人们的日常生活，宗教对人们的控制无论在西方还是在中国都找不到能与之相提并论者。基督教的准则乃是西方文明精华的基础，然而欧洲或美国的大多数人在日常工作和娱乐中都很少自觉留意到基督的教诲，他们一般每周只履行一天正式的宗教仪式——如果能做到那么频繁的话。中国人也迷信，但他们的畏惧与许多西方人行为中隐含的畏惧相比，几乎不含更多的宗教成分。像如今的西方人一样，他们的心思不是放在天上，而是放在面包和黄油上——更确切地说，是放在了大米和生计上。双方得到的回报程度不同，但日常生活的主要动力在东方与在西方大体上是一致的。

或者可以换一种说法，所谓中国人同西方人相似，乃是指其民族规范、民族目标都带有工业社会的印记。在美国和欧洲，工业是首要的关注对象——广义上的工业包括农业、制造业和商业。这些方面是人们的兴趣所在，左右着他们的政策。在印度，宗教占据着这一地位。在日本，旧的社会秩序崇尚武力，就某种程度而言，新的也是一样。然而中国处于物质追求的完全掌控之下，华夏民族的强人不是军人或僧人，而是商人。

另外，政府在普通中国人的生活中扮演小角色这一点也与西方、与美国非常类似——美国过去就是这样的。如果一个人没有行为不端或惹上官司，他就几乎不会接触到他的统治者。他熟知孟子的说法："民为贵，社稷次之，君为轻。"他也知晓政府的地位，但他对其无所求，亦无所惧。

辖区官员代表政府，面向中国大众，18个省份大概有1500个这样的辖区，每25万人约有一个。中国人真正熟悉的官员是乡长，他是乡民的一员，遵循着自古流传下来的家族规矩治理本乡，如无必要，从不干涉。中国的警察很少，各式各样要求我们保持整洁、卫生和安全的纠察机构和官员则根本不存在。除了猪，没有人去检查垃圾桶，没有人四处嗅探损坏的阴沟，也没有人坚持让户主保持宅前路面的整洁，或者强迫人们为子女接种疫苗。中国或许存在多数人专制，却不是通过政府来实现的。如今的中国人已经被长期传承的习俗所影响、所塑造，逝者之手还重重地压在他们身上。

　　中国人是民主的，跟美国人的民主非常类似。如果说确有那么一种贵族制，其本质上也仅在一个种族内（征服者和被征服者）存在。从前，世代沿袭所造成的区别在北京和满族人圈子以外的地方只有很小的影响。从理论上讲（很大程度上在实践中也是如此）一项公职应向所有胜任者开放，而不论其家世如何。就像在美国一样，穷小子也有很大的机会得到除了最高统治者之外的一切职位。中美评价胜任与否的标准也没有太大区别。认定在一场小型战争中获胜的指挥者能够胜任一个大型工业国家的政府领导者，与用写作文论的技巧作为选拔高级军事官员的依据相比，不见得更为合理。另外，诸多方面本质上都颇为民主的中国人也像美国人一样屈尊于列强，远胜其他亚洲人。

　　如今，中国人学会了自力更生或依靠同伴。他们往往采取主动，这一点更像英国人和美国人，而不像法国人或德国人。政府软弱，个人或个人构成的团体则强硬。政府缺乏行动，个人则多有作为。 在整个东方，例如缅甸、印度支那、马来联邦、菲律宾等，无论哪里，只要能够博得一条出路，你都找得到中国商人和中国苦力，而他们并不是国家派去的。 就像英国工人移居国外、英国商人找寻新市场一样，中国人勇往直前，无须引领或协助。 而他们成功了，从中国海到孟加拉湾之间的广大区域，无论是处于英国还是法国治下，除非被明确限制在外，中国人都扎下了根，并且繁荣兴盛。 只有沉重的人头税，才让他们没能控制印度支那的贸易和劳工市场。 在马来联邦，他们正将当地人排挤出去，还对英国商人和银行家穷追不舍。 在缅甸，他们正获取越来越多的贸易控制权，甚至还成功地使缅甸女人相信他们比她英俊却懒惰的同胞更适合做丈夫。

再说些小事。 我确信自己曾经知晓，但后来几乎忘记了，那就是中国人不像东方其他民族，而是跟我们一样喜欢坐在椅子上，不喜欢蹲着。 因为我看见苦力们吃晚餐时围着桌子坐在长凳上，"就像老家的人一样"，而不是像我的印度仆人一样蹲在地上，这让我惊讶中略带欣慰。 这只是一件小事，但它将中国人同其他亚洲人区别开来，使得他与西方更近了一层。 有人看到一所新英格兰大学的中国女留学生同几位同学坐在地上（以大学女生常有的方式），便评论说这样做或许对她而言更容易，因为她已习惯如此了，她略带骄傲的回答丝毫不令我感到惊奇："哦，不。 我想您一定把我们当成日本人了。 我们中国人两千年前就学会坐在椅子上了。"

中国人不但像我们自己一样坐在椅子上，还像西方人一样进餐。 他们不仅愿意在饮食上随意花费，还赋予宴会社交功能，使其比西方宴会更耗时、更精致，有时甚至更加地无趣。尚未欧化的印度人，无论富贵或者贫穷，都饮食有度。他们进餐只是为了充饥，对他们来讲，进餐不比在家沐浴更具有社会性。事实上，进餐更不具有社会性，因为他们进行沐浴既是宗教行为，也是社会行为。他们想不到在宴会上与朋友们寻开心。但是我的苦力会在路边小客栈里花上几个小时来度过愉快的就餐时光，而除了少数细节不同，我在北京的饭店里见到的兴高采烈的满族或汉族食客，就相当于在华尔道夫酒店里的美国人。卡拉根的外务部长曾遗憾地表示，由于我逗留时间过短，他才无法为我安排晚宴的，这看似非常西化，实则颇具中国特色。

关于中国存在的差异，尤其是其南北方和西部之间的巨大隔阂，人们已经说了很多，我原本以为会在那里遇到印度的翻版。但是，从外表看不出任何类似的情形。首先，几乎所有中国人都是黑头发，几乎都穿蓝衣裳，几乎都吃大米。举例来说，直隶当地人和广东当地人之间的明显区别不比你从缅因州一路走到密西西比州见到的差异更大。而在云南和四川，就像在美国的西部各州，你仿佛身处"美国东部"人中间，只是气候和生活方式略有差异。

新加坡的中国总领事是广东人，他为我估算了讲某种形式的中国官话的全部人口：大概 3.6 亿人中有约 3 亿人，这个数字与我见到的其他观点相符。如果是这样，那么这个国家绝大多数人民就有了共同的语言作为纽带。更重要的是，所有受过教育的人——这只是一小部分，尽管更多人只认得几个符号——都拥有共同的书面语言。

不过，孔子在一千多年前就说过，"书不尽言，言不尽意"。

而对道教、佛教以及对孔子的尊崇，都在中国人身上留下了印记。无论在南方还是在北方，远行的苦力（要记住他是一个了不起的漫游者）到了中国的任何一个地方，都会发现周围的人同自己一样，认可相同的道德规范，出于同样毫无根据的担心而畏缩不前，也为着相同的目标而奋斗——那就是肉体上的健康富足。当然，基本差异还是存在的。中国南方和北方讲话的方式各异，人民在形体和心智上也不尽相同，但我不知道其差别是否真的比现今美国南方与北方各州的差别更大。

谈到中国，我们会说她正在衰败，中国人已老迈不堪，这个国家气数已尽。无疑，其土地像印度一样久经耕作，但是在广阔的区域里，它的产出能力还在不断得到提升，而中国大部分的资源毕竟还埋在地下未经开发。去年的政府已经烂透了，早该寿终正寝了。可政府不等同于人民，中国人民既未精疲力竭，也非体弱多病。

我想，一定是因为中国的一切看似业已完成，人们才谈论她的衰败与消亡。她给你的印象是，在很久以前一切大体上都已完成。除了已经受到西方影响的地方，你看不到人们尝试新的事物。千百年来，每一件事在中国都已被重复了许多许多遍，其结果早已扩及整个帝国。无论在哪里，即使是在最偏远的角落，你也能找到设计得同样精巧的商业体系，对应同样复杂的社会秩序。作为一个绵延久远、聪明机敏的民族，中国人自己探索出了许多东西。由于没有更加聪明机敏的民族在一旁鼓动他们用另外的更好的方式去做一些事情，他们于是一成不变，既不愿花费气力，也不愿绞尽脑汁去进行新的尝试。其实，尝试早在几百年前就停止了，每一个自然险阻，每一个社会和经济问题都曾经遇到过，并且以某种方式得到了解决，于是人们年复一年地生活着，他们的父辈是怎样做的，他们也怎样做。如今他们给人的印象是经验丰富，尽管有些过时。然而他们并不老迈——不老，一点也不老。

相反，在当地跟中国人面对面相处时，你会强烈地感受到一种力量——真实的力量、潜在的力量、个人的力量、群体的力量、善加利用的力量、虚掷滥用的力量。那种印象几乎令人瞠目。你似乎在观察一群蚂蚁，持之以恒、不知疲倦、井然有序，只不过蚁丘变成了一座城市，而蚂蚁变成了人——身体强健、任劳任怨、足智多谋、随遇而安、乐天安命的人。将这样的蚁丘增加几千倍就成了中国。中国人不仅是世界上最好的工人，也是组织中的领导。没有一个中国人是孤军奋战，在他身后，有着家庭、宗族和行会。面对生活，他也并非孤军奋战，他是群体中的一员，这给予他信心，也给了他约束。这使得与他的交往变得更简单，同时也更困难了。如若你待他不公，则不是与一人为敌，而是与一个群体为敌。但如果他待你不公，只要你有他的把柄，你就可以通过他所在的组织找他算账。

在中国，组织的力量能在很大程度上消除日常生活运行中的摩擦。这是我在新加坡港的汽轮边学到的。当时，我看着700名苦力登上了即将载我们回广东省的船，大副对我说："1000个中国人给我们造成的麻烦比一个印度人造成的还少。"他接着解释道："我们进港时，6名寄宿公寓老板上船来问我们有多少舱位。他们就需求达成了一致意见，然后每个人分得了自己的地盘，其实就是一些写着中国字的小红纸。没多久，苦力们来了，带来了那几个返乡中国人的行李，每件上面都有张写着同样黑字的红纸。他们不发问，而是四处寻找，等找到与之一致的舱位，便卸下行李。稍后，那些广东人到了，每人拿着一张红票，他们也不询问，只是将全都标记好的行李挂起来，接下来就开始自己找舒服了。谁都不麻烦。"

再说大的方面。一场伟大的革命蓄势待发，影响到3亿多人口，波及面积达150万平方英里，准备得却如此充分与机密。尽管被怀疑，却未被发现，如果不是同样的组织力在起作用，那又是什么？土耳其革命似乎也是秘密谋划的胜利，但那是将一个业已建立的组织转化为政府。在中国，却必须同时进行发起与组织的工作。

过去，中国在组织和反抗两个方面都有长期的经验。然而，建立一个共和国对其来讲却是新鲜事。中国人以前从未这样尝试过，不过，只要他们现在将其无可置疑的组织能力、聪明才智和克制能力全部施展出来，毫无疑问会在有关政府的新实验上取得胜利。假以时日，他们一定能做到。或许我对中国前景的展望比较乐观。但是我看到的、感受到的事情蕴含着巨大的力量，中国人让我体验到了不可抗拒的力量。再说，无论如何，一个人独自在中国旅行数月之久，遇到的所有人，从路上的苦力、村民、客店主人到官员或牧师，都客客气气、体贴周到地对待她，那她发表一些友好的观点也是可以理解的吧。